누군가 나의 **미래를 상상하고** 있다

이원재 에세이

낮은산

차례

뭐라도 좀 먹이고 싶어서 … 7

행복이 뭔지 모르겠다는 곰의 자손들에게 … 21

해적왕이라고 믿어 봐 … 35

내게 위로와 용기를 주는 노래 … 49

태풍과 벼락과 땡볕의 맛 … 67

네가 잘됐으면 좋겠어 … 79

하루쯤 아빠가 되어 줄게 … 93

갈팡질팡해도 결국 앞으로 가는 중 … 109

눈에 안 보인다고 없는 게 아닌 거야 … 121

누군가 나의 미래를 상상하고 있다 … 135

원희에게 … 148

뭐라도 좀
먹이고 싶어서

어느 날씨 좋은 날, 읍내 문구점에 가고 있는데 근처 미용실 문이 벌컥 열리더니 머리에 헤어롤러를 말고 있는 한 아주머니가 뛰어나오며 날 불렀다.

"저기, 정선고 선생님 맞으시죠?"

주변에 나 말고는 걷고 있는 사람이 없으므로 날 부른 게 분명했다. 내 인스타그램의 팔로워이거나 유튜브 채널의 구독자구나 싶어 속으로는 으쓱했지만 짐짓 태연한 척하며 말했다.

"예, 맞는데 절 어떻게 아시고?"

"아이고, 고맙습니다. 선생님."

"예? 제가 뭘……."

"저희 아들이 정선고 1학년이에요. 고등학교 들어

가니 이제 입시도 다가오고 궁금한 게 정말 많은데 뭘 물어봐도 이 녀석이 제대로 대답을 해 줘야 말이죠. 그런데 인스타그램에서 선생님이 급식 먹방 찍어서 올리신 걸 봤어요.”

애들 보라고 올린 영상을 학부모님이 봤다니 좀 부끄럽기도 했다. 왠지 우린 양복이나 정장을 입고 어색하게 마주해야 할 사이 같은데, 선생은 볼이 미어져라 급식을 먹는 영상을 찍어 올리고 학부모는 그걸 구독하고 좋아요를 누르는 사이라니.

“근데 급식 먹방 말고도 다른 게시물도 많더라고요. 매일 교문에서 아이들 이름 하나하나 불러 주고 맛있는 것도 나눠 주고. 다른 이벤트도 많이 하시고요. 그런 거 보니까 불안한 마음이 많이 사라지고 선생님들과 학교를 믿는 마음이 더 생겼죠. 제 주변 엄마들도 선생님 계정 팔로우하거나 영상 구독하는 분들 많아요. 그래서 고맙다는 말씀을 드리고 싶은 마음에, 아이고 어머나…….”

말하던 중에 아직 앞머리에 말려 있는 헤어롤러의 존재를 깨닫고 급히 미용실로 다시 뛰어 들어가는 아주머니를 뒤로하고 학교로 돌아왔다.

한 주에 두 번씩 4교시 수업이 없는 날 급식 먹방을 찍는다. 글자로만 메뉴를 보고 맛이 없을 거라고 생각해 급식을 먹지 않는 아이들을 불러 모으기 위한 이벤트로 시작한 일이다. 메뉴의 유래를 소개하기도 하고 때로는 내가 읽은 재미있는 책 이야기를 하기도 한다. 오늘 하루 공부는 열심히 안 하더라도 밥은 굶지 말라는 마음으로, 뭐라도 좀 먹이고 싶어서 하고 있다.

한 달에 한 번 정도 전교생 250여 명이 먹을 만한 먹거리를 만들어 아침에 나눠 먹는 일도 해 오고 있다. 학교폭력 예방을 위한 예산으로 재료를 산다. 메뉴는 어묵, 떡볶이, 핫도그, 호떡, 토스트, 피자, 아이스티 등이다. 학교 근처에서 팔지 않는 것 중에서 메뉴를 고른다. 장사하는 분들 중에는 학부모님도 계실 텐데, 하루의 수입을 내가 빼앗아 버리면 안 되니까.

서로 의지하며 마음을 나누는 사이를 우리는 예부터 '식구', 그러니까 무언가를 나눠 먹는 사이라고 불렀다. 예수님도 가르침을 베푼 뒤에는 어떻게 해서든 먹을 걸 나눠 드셨고, 절에 가도 공양이라는 이름으로 공짜 밥을 나눠 준다. 마음이 허한 이들에게 예수님과 부처님은 몸과 마음을 모두 채워 주셨고, 그러니 수천 년 동안 인류 역사 최고 인기인으로 남으신 것 아닐까. 그런 차원에서 우리 학교 울타리 안에 있는 모든 이들을 무언가를 나눠 먹는 공동체로 만들고 싶은 마음이다.

믿거나 말거나지만 인근 중학교 선생님들에 따르면 이런 이벤트 덕분에 중학교 3학년 학생들이 우리 학교를 가장 진학하고 싶은 학교로 꼽는다고 한다. 아침에 맛있는 걸 나눠 주는 게 가장 큰 이유라고. 이유야 어쨌든 학교에 가고 싶다는 생각의 씨앗을 심어 준 것도 기쁘다.

복도에서 3학년 담임선생님 한 분을 마주친다. 내가 먼저 말을 건넨다.

"선생님, 내가 좀 전에 읍내에서 학부모님 한 분을 만났는데, 선생님한테 그렇게 고맙대."

"예? 저요? 뭐가요?"

"뭐긴 뭐야. 학부모들 마음 다 비슷하지. 애들한테 관심도 많고 이것저것 재밌는 이벤트도 해 주고, 수업도 열심히 하고. 그래서 고맙다는 거지."

"아유, 제가 뭘 한 게 없는데 무슨……."

말은 겸손하게 하지만, 뿌듯함과 보람, 고마움이 차오르는 것이 그 선생님 얼굴에 보인다. 칭찬을 전해 들은 선생님은 한결 따뜻해진 눈빛으로 교실에서 한번 더 아이들 표정을 살피고 한번 더 아이들 이야기에 귀를 기울이겠지. 이렇게 사소하지만 다정한 마음과 행동은 내가 모르는 새 여러 곳으로 퍼져 나간다.

장마철이던 어느 날, 귀신 이야기를 해 주려고 한참 분위기를 잡고 있는 내게 한 학생이 수업 중에 딴 얘기 하지 말고 진도나 나가라는 말을 던졌다. 당황해서 횡설수설하며 수업을 겨우 끝내고 터벅터벅 걸어 나오는데, 그 반도 아닌 학생이 복도를 지나다가 시무룩한 내 표정을 봤나 보다. 점심시간에 날 찾아오더니 '쌤! 제가 가진 행복이 세 개 다 드릴게요! 상처 안녕! 우울 안녕!'이라고 적은 메모지와 직접 찾았다는 세잎클로버를 건네주었다. 그 이후로 다른 사람이 무심코 내게 던지는 말에 상처받는 일이 적어졌다. 상처 주는 사람이 있으면 누군가는 또 이렇게 날 찾아와 마음에 연고를 발라 줄 거라고 믿으니까.

학생부장이라 매일 아침 교문에서 등교하는 아이들을 만나는데 먼저 이름을 불러 주고, 먹을 것을 나눠 주며 안부를 묻는 게 다정함을 실천하는 내 나름의 방법이다. 먹을 걸 나눠 주는 거야 좋아하지 않을 리가 없지만 이름을 불러 주는 일이 무슨 다정한 일일까. 내 첫 번째 책《체육복을 읽는 아침》을 읽고 학교로 찾아온 한 기자와 짧은 인터뷰를 했던 우리 학교 아이 둘은 이런 이야기를 남겼다.

"사실 중학교 때 선생님께 상처받은 적이 있어서 고등학교에서도 적응이 힘들었는데, 원재 쌤이 이렇게 계속해 주시니까 학교 전체가 하나의 동그라미가 되는 것 같아요."

"지쳐서 등교할 때 선생님이 이름을 불러 주고 웃으며 인사해 주시면 기분이 좋아지고 활기가 생겨요. 학교 다닐 맛이 납니다. 영하 18도에 등교하는데 어느 학교에서 따뜻한 어묵 국물을 먹어 보겠어요."

수백 명을 먹일 준비를 하려면 며칠 전부터 재료를 준비하고, 당일에도 집에서 꼭두새벽에 나와서 부산을 떨어야 하지만, 이런 말을 듣다 보면 당최 이 일을 그만둘 수가 없다. 나도, 학생들도 같은 울타리 안에서 각자 편안함과 안전함을 느끼게 되니까 말이다. 다정함은, 이렇게 돌고 돌고 돌아 다시 나에게 온다.

학교는 다양한 사람들과 어울려 살아가기 위해 기능과 지식을 배우고 사회에 나갈 연습을 하는 곳이다. 학교에서 만나는 학생들이 사회에 나가서 자기가 하고 싶은 일을 하고 나름의 행복을 찾으면서 살기를 바라는 게 선생님의 마음이다. 내가 다정함을 나누고자 하는 일들은 아이들도 그러하기를 바라는 시범과도 같다.

그런데 갈수록 아이들에게 이런 마음을 전하기가 어려워진다. 어느 때보다도 지금 우리 사회에 협력보다는 경쟁이, 배려보다는 이기심이, 다정함보다는 미움이 가득한 것 같다. 본래의 기능에서 멀어져 끊임없이 학생들을 경쟁하도록 부추기는 학교에 속해 있는 어른으로서 아이들에게 무척 미안하다. 학교에서 좋은 가치들을 배우고 사회에 나가서도 써먹어야 하는데, 그게 어려워지고 있어서다.

많은 사람들이 누군가가 나서서 이 사회를 바꾸어 주길 바란다. 하지만 세상이란 건 결코 남들이 바꿔 주지 않는다. 내가 잘 살고 싶으면, 내가 사는 곳부터 스스로 바꿔 나가는 수밖에 없다. 세상이 냉정하다는 건 이런 뜻일 것이다. 나는 그 변화의 출발점이 다정함이라고 생각한다. 그리고 그 다정함은 따뜻한 말 한마디면 충분히 전해진다. 수백만 년 동안 사람과 세상을 지탱해 온 것은 위대한 건축물이나 기술이 아니라 바로 그 따뜻한 말 몇 마디다.

버트런드 러셀이라는 영국의 철학자 할아버지가 《행복의 정복》이라는 책에서 이런 말씀을 하셨다.

행복은 타인에 대한 따뜻한 관심과 친절한 말씨에서 온다. 그런 사람은 행복의 근원이 되며, 그 대가로 친절을 되돌려 받는다.

세상에 결코 공짜는 없는 법이니까 뭔가 앞뒤가 딱딱 맞는 말 같다. 내가 오래 근무해 온 학생부에는 기쁜 일이 별로 없다. 화합보다는 갈등이 더 많다. 학생이든, 교사든, 학부모든 기분이 좋아서 날 찾아오는 일이 드물다. 그러나 다행히 나를 찾는 이들 중에는 뉴스에 나오는 거친 사람들 역시 거의 없다. 다들 친절하다. 자기들이 속이 상해 찾아왔으면서도 내 기분을 먼저 살피는 사람들이 많다. 내가 먼저 띄워 보낸 다정함이 돌고 돌아 그 상황에서 친절로 돌아온다고 나는 생각한다.

그러니까 결국 다정함은 남이 아니라 나를 위한 삶의 태도라고 할 수 있다. 봄과 가을이 제철인 낙지는 타우린이라는 영양소가 풍부해서 농사일을 하다가 지쳐서 쓰러진 소도 벌떡 일으켜 세운다고 한다. 그만큼 영양가가 많다는 비유적인 표현이니까, 소는 초식동물인데 어떻게 낙지를 먹느냐는 질문은 넣어 두자. 학교에서 언어 순화 캠페인을 하면서 부

모님과 선생님, 세상이 나에게 해 줬으면 하는 말,
내가 나에게 해 주고 싶은 말을 적어 보라고 했더니
신기하게도 세 가지 말이 가장 많이 나왔다.

'힘들지. 그랬구나. 괜찮아.'

이 말을 쉽게 건넬 수 있도록 계속 연습해 보자.
그렇게 해서 주변을 둘러보고 축 처져 있는 친구에
게 다정한 말이라는 낙지를 먹여 주자. 그렇게 마음
이 지쳐서 무릎이 꺾여 버린 친구를 벌떡 일으켜 세
워 보자. 그 마음의 영양분이 돌고 돌아 나도 함께
일어설 수 있도록.

행복이
뭔시 노르겠다는
곰의 자손들에게

태초에 곰이 있었다. 곰이 살던 꽃 피는 신성한 동네에 하늘에서 칼과 방울과 거울을 든 멋진 임금님이 내려오셨다. 비록 짐승이지만, 곰은 그와 함께이고 싶었다. 용기를 낸 곰은 그를 찾아가 사람으로 만들어 달라고 떼를 썼다. 곰의 속마음을 모르는 바는 아니나 임금님은 모른 척 쑥과 마늘을 주며 100일을 동굴 안에서 버티라 했다. 같이 들어간 호랑이는 버티지 못했지만 곰은 꿋꿋이 버텨 냈다.

'인간이 되기만 하면…….'

삼칠일이 지나자 털이 빠지고 사람의 몸이 되었

다. 게다가 누구와도 비교할 수 없는 아리따운 미
인의 모습이다. 상상은 자유니까 임금님과 그녀의
모습은 마음대로 그려 보자. 차은우도 좋고 장원영
도 좋다. 하지만 꿈에도 그리던 사람이 되었으나 마
음 한쪽이 허전하다. 쓸쓸한 마음을 달래려 곰 시절
에 신나게 달리던 숲길을 사람답게 사박사박 걷다
보니 임금님의 모습이 굵은 나무줄기들 사이로 언
뜻언뜻 보인다. 어? 혹시……, 임금님이 날……? 텅
비었던 마음이 임금님 모습으로 가득 찬다.

  '임금님과 사랑에 빠질 수만 있다면…….'

  생각에 잠겨 있던 그녀의 손을 누군가가 살며시
깍지 끼며 잡는다. 흠칫 놀란 그녀의 눈에 들어온
그는 바로 꿈에 그리던 임금님이다. 몸도 마음도 점
점 더 가까워지고, 그와 보내는 시간은 하루가 1초
같다. 사람이 되길 정말 잘했다 싶다. 이 행복이 영

원했으면 좋겠다.

‘그 사람의 아들을 낳을 수만 있다면…….’

대한민국 사람이라면 이 이야기에 등장하는 인물들이 누구인지 쉽사리 짐작할 수 있을 것이다. 여인이 낳은 아들이 고조선을 세운 단군 할아버지니까. 그런데 이 이야기의 끝에 여인은 과연 행복해졌을까?

현대의 우리는 저분들의 자손이 아니랄까 봐 무척 비슷한 말들을 되뇌면서 살고 있다. ‘특목고나 자사고에 들어가기만 하면……’, ‘좋은 고등학교를 나와서 SKY에 들어가기만 하면……’, ‘성적을 잘 받아서 의대에 들어가기만 하면……’, ‘좋은 대학을 나와서 대기업에 들어가기만 하면……’, ‘이번에 산 주식이랑 로또가 대박 나기만 하면…….’ 이런 말을 곱씹는 우리는 확실한 현재 대신에 결코 내가 결정

할 수 없는 불확실한 미래에만 매달려 있지는 않은 지 생각해 보자.

고등학교 독서 교과서에 나오는 유명한 분들의 말을 잠시 빌려와 본다. 존 스튜어트 밀은 자기 존재에 긍지를 가질 때, 각자가 타고난 개성대로 자유롭게 발전을 추구할 때 그 과정 자체가 행복이라고 말했다. '나중에 무엇이 되면'이 아니라 이 세상에 하나밖에 없는 나한테 잘 맞는 일을 하고 있는 그때가 가장 행복한 상태라는 말이다.

《꾸뻬 씨의 행복 여행》이라는 책에서 주인공 꾸뻬 씨는 세상 모든 일을 다 알고 있는 듯한 스님과의 대화를 통해 '행복에 대한 욕망이나 추구마저 잊어버리고 지금 이 순간과 하나가 되어 존재할 때 저절로 행복해진다.'는 깨달음을 얻는다. 나중에 돈 많이 벌어서 사고 싶은 거 다 사고 하고 싶은 거 다 하면서 행복하게 살아야겠다고 생각하는 게 아니라 지금 내 머리 위에 떠 있는 파란 하늘을, 나를 부드

럽게 끌어안는 바람을, 저마다의 일로 바쁜 새들의 지저귐을 있는 그대로 느끼는 순간이 훨씬 행복할 수 있다는 뜻이다.

《행복의 기원》이라는 책에 보면, 또 재미있는 이야기가 나온다. 대학생들에게 50그램짜리 바퀴벌레 모양 초콜릿과 15그램짜리 하트 모양 초콜릿 중 하나를 고르게 하는 실험이다. 아무리 배가 고파도 당이 떨어져도 바퀴벌레 모양을 입에 넣는다는 건 꺼림직한 일일 텐데, 실험의 결과는 놀랍게도 참가자의 70퍼센트가 바퀴벌레 모양 초콜릿을 선택했다고 한다. 모양과는 별개로 이왕이면 큰 크기의 초콜릿을 선택하는 것이 '남들에게 정당하게 여겨지기 때문'이라고 생각한 결과라고 해석한다. 그러니까 행복과 선택의 기준을 '남'에게 맞추면 이런 일이 벌어지는 거다. 세 이야기에서 공통적으로 뽑아낼 수 있는 키워드는 '나', 그리고 '지금'이다. 진정한 행복은 그곳에만 있다.

이 이야기를 고등학교 2학년들과 함께 읽고 나를
행복하게 하는 것들을 찾기 위해 각자 수필을 썼다.
그 글 속에서 반짝이는 조약돌 같은 귀한 순간들을
건져 내어 여기 펼쳐 놓는다. 내가 이걸 행복이라고
생각해도 괜찮은가? 혹은 이게 행복이 맞는 건가?
하고 불안해하는 친구들은 이걸 보면 조금 안심이
되려나.

- 학교 도서관 매트에 친구들과 누워서 노는 일
- 소설을 읽으며 배경을 상상하는 순간
- 기숙사생들은 필수인 야자 시간, 새로 업데이트된
SNS 릴스 보는 걸 참고 두꺼운 벽돌 책을 꾸역꾸역 읽은
다음에 몸이 천근만근인 상태로 맞이하는 주말 아침
- 때 타지 않아 순수하고 맑고 푸르고 실패해도 다시
도전할 용기를 가진 젊은 나를 느낄 때
- 해와 구름이 서로의 승부욕을 이기지 못해 차례도
안 지키고 동시에 내기를 시작하는 듯한 날씨에 하는

산책

- 해 보지 않은 것을 앞뒤 안 재고 냅다 저지르는 순간

- 몇 달 동안 장비구니에 방치되고 있던 옷을 오랜만에 다시 보며 고민하다가 에라 모르겠다 하고 시켰을 때 그리고 배송을 기다릴 때

- 밴드 합주가 완벽히 하나로 어우러질 때

- 식물로 가득한 곳에서 혼자 생각에 잠길 때

- 비 오는 날, 비를 맞으면서 우울한 감정을 함께 흘려보낼 때

- 책을 읽거나 영화를 보고 후기를 인터넷에서 찾아보며 내가 가진 어휘로는 설명이 어려웠던 감정에 이름을 붙이게 되는 순간

- 여름 낮에서 밤으로 넘어가는 딱 그 시간에 문득 느껴지는 선선함과 상쾌함, 그 가운데 남아 있는 여름 향기

- 띠동갑 막냇동생을 만나러 집에 가는 하굣길

- 모래사장에 앉아 파도 소리를 들으면서 그걸 바라보는 데만 집중하는 순간

학생들에게만 행복한 순간을 길어 내라고 할 수 없으니, 비밀이긴 하지만 선생님인 나도 내가 언제 행복한지를 적어서 슬며시 여기에만 공개한다.

- 독서 수업 시간에 아이들끼리 묻고 답하면서 서로 가르치고 배우는 소리를 들을 때

- 등굣길에 만나서 반갑게 인사할 때

- 졸업생들이 찾아올 때

- 일하기 싫은 날 교직원 화장실에 숨어서 시간 보낼 때

- 급식에 생선가스 나올 때

- 지금까지 학교에 없었던 새로운 일을 기획할 때

- 글쓰기 노트 검사하고 답글 달아 줄 때

- 수업 없는 시간에 책상에서 졸 때

- 스트레스받으면 몰래 학교 빠져나가서 정선반점에서 혼자 매운 굴짬뽕 사 먹을 때

- 칠판에 판서 예쁘게 잘됐을 때

- 마음이 힘들고 외로운 친구가 날 믿고 다가와서 자

나와 학생들의 행복 목록에 대단하고 거창한 일은 없다. 하지만 이 일들은 우리 삶의 순간을 지탱해 주고 견디게 한다. 자신에게 있어 그게 무엇인지 모르면, 이 삶을 버텨 내기가 어렵다. 이런 소소한 행복을 느끼는 순간들이 모여 나라는 인간이 만들어진다. '나'와 '지금'을 기준으로 행복할 줄 아는 사람만이 진짜 나를 살고 있는 거다. 그러니까 이 행복들은 결국 삶의 목적이자 과정, 삶 그 자체인 것이다. 건물로 따지면 철근이면서 콘크리트 역할을 동시에 하고 있다고나 할까.

이렇게까지 이야기했는데도 나는 언제 행복한지 잘 모르겠다거나, 무엇이 행복인지 잘 모르겠다거나 하는 친구들에게 내가 쓰는 방법을 아낌없이 전해 드리겠다.

큰 거 말고, 문득 기분이 괜찮다, 몽글몽글하다,

가슴이 두근두근한다 싶은 순간이라는 자각이 들면, 빨리 핸드폰을 켠다. 메모장도 좋고 메시지도 좋다. 나는 그럴 때 바로 카카오톡을 켜서 나에게 메시지를 보낸다. 특별히 편하거나 기능이 뛰어나서라기보단, 내가 제일 많이 쓰는 앱이라 빨리 실행할 수 있기 때문이다. 거기에 일단 생각과 느낌을 붙잡아 놓는다. 그리고 우울하거나 마음이 썰렁하다 싶을 때 그걸 꺼내 읽는다. 갑자기 두통이 찾아왔을 때 타이레놀 한 알을 급히 삼키는 것과도 같다. 여유가 좀 생겼을 때 메모해 놓은 것들을 노트에 펜으로 옮겨 적는다. 그럼 전기가 없어도 내가 원할 때 행복해질 수 있다.

어떤가. 내가 원할 때 어디서든 행복해질 수 있는 비상약. 그리고 그 리스트는 곧 나라는 사람을 설명해 주는 사용 설명서가 된다. 수천 년 전에 소크라테스는 너 자신을 알라고 말했다. 본인도 알고 한 이야기라면, 아마 소크라테스가 웅녀보다는 조금 더 행복하지 않았을까?

이 글을 다 쓰고 나서 문득 내 손을 보니, 단군신화 스페셜 에디션 모나미 볼펜을 잡고 있다. 녹색 바탕에 곰, 호랑이, 쑥, 마늘이 그려져 있는 볼펜이다. 여기서 이야기가 나왔나 보다. 볼펜 하나로 이런 글을 쓰다니! 얼른 핸드폰을 열어야겠다.

해적왕이라고
믿어 봐

고등학교 2학년 문학 시간, 아이들이 수업을 하도 열심히 듣길래 시험문제를 좀 어렵게 냈더니 반 평균이 50점이 채 되지 않는다. 시험이 끝나고 급식실에 점심을 먹으러 갔는데 나를 본 여학생들은 눈으로 레이저를 쏘고, 놀랍게도 남학생 한 녀석은 밥을 앞에 놓고 펑펑 울고 있다. 낄낄대며 친구를 놀리고 있는 녀석들을 헤치고 가까이 다가가 등을 쓰다듬으며 말했다.

"민호야, 괜찮아. 시험 그까짓 거 다음에 잘 보면 되지! 너무 어렵게 내서 미안하다, 인마!"

"쌤, 크흑. 이번에 평균 등급을 올려야 큭, 제가 가고 싶은 대학에 지원이라도 해 볼 수가 있, 크흡. 근데, 흡. 문학이 너무 어려워서 망했단 말이에요. 이제 남은 시험이 크흐흑, 영어랑 수학밖에 없어요.”

웃으면 안 되는 상황이지만 너무 웃픈 상황이라 나도 큭큭거리며 같이 웃고 말았다. 설상가상이라는 말이 이렇게나 어울릴 수가 없어서 말이다. 예나 지금이나 이름과 방법은 조금씩 바뀌었어도 학교 시험 성적으로 아이들을 줄 세우는 건 여전하고, 이게 대학 입시에 반영이 되니까 학교는 여전히 전쟁터일 수밖에 없다.

문학을 가르치는 입장에서 ‘등급’이라는 말은 그야말로 끔찍하다. 어떤 작품을 읽은 감상을 한 가지로 통일하고 외워야만 풀 수 있는 문제로 문학 공부를 평가한다니. 그저 어른의 한 사람으로서 미안할 따름이다. 그러나 나 혼자 제도를 바꿀 순 없으니 그 안에서나마 내게 허락된 일을 할 뿐이다.

책을 좋아하거나, 무언가 읽기를 즐기는 사람들은 국어 선생님을 무슨 약사처럼 생각하는 경향

이 있는 모양이다. 우울할 때 읽을 책을 추천해 주세요. 집에 가기 싫을 때 읽을 책을 추천해 주세요. 성적이 떨어져서, 시험에 실패해서, 연인과 헤어져서…… 사실 이런 질문을 들을 때 좀 곤란하다. 나부터 뭔가를 좀 많이 읽어야 딱딱 맞게 처방을 해줄 텐데, 하는 일이 바빠서 책을 생각보다 많이 못 읽는다. 그나마 최근 2년간은 강의하고 글 쓰느라 가장 많이 읽은 책이 내가 쓴 책이니 매번 이걸 추천할 수도 없는 노릇이다. 게다가 어떤 일에 딱 맞게 쓰여 있는 책이 어디 있겠나. 그럼 그 책 쓴 사람은 이미 대형 종교의 교주가 되어 있을지도 모른다. 아님 유명한 무당이 되었거나.

감기에 걸려서 약국을 찾아온 환자를 만난 약사님도 비슷하지 않을까? 감기란 게 원래 딱 떨어지는 하나의 증상만 나타나기보다는 애매한 증상들이 여러 개 섞여 있게 마련이니까. 그럴 때 약사님이 자신감 있게 탁 내어놓는 것이 바로 종합 감기약일 것이다. 나도 책을 추천해 달라는 말을 들었을 때 종합 감기약처럼 내놓는 게 몇 개 있다. 핸드폰에서 짧은 콘텐츠를 보다 지쳤을 때나 책은커녕 한 시간 짜리 드라마 보는 것도 지겨워하는 스스로를 발견한 친구에게라면 더욱 강하게 권한다.

첫 번째는 《슬램덩크》라는 농구 만화다. 골대가 부서질 만큼 강하게 내리꽂는 덩크슛을 슬램덩크라고 하는데 이 만화의 주인공은 강백호라는 이름의 양아치 소년이다. 고등학교 입학 첫날 소연이라는 여학생에게 반하게 되고, 농구를 좋아하는 소연이에게 멋진 모습을 보여 주기 위해 농구라고는 전혀 모르는 초보자면서 농구부에 가입 신청서를 낸다. 문제는 농구부의 주장이자 소연이 오빠인 채치수가 백호를 받아 주지 않는다는 것. 그러나 백보드에 머리가 닿을 만큼 엄청난 점프력과 운동 신경을 갖춘 백호는 치수와의 일대일 대결을 펼치는 우여곡절

끝에 농구부에 들어가게 된다. 역시 처음에는 실수 연발이지만 꾸준한 연습을 통해 리바운드에서 자신만의 재능을 서서히 발휘하게 되고 전국 제패라는 목표를 향해 거침없이 도전하게 된다는 내용이다. 농구에 대해 전혀 몰라도 재미있게 즐길 수 있는 작품이다. 사실 농구는 그냥 껍질이라고 해도 될 만큼 주인공 백호의 성장 과정이 중심이 되기 때문이다.

또 하나 추천하는 건 《원피스》라는 모험 만화다. 두 편 다 일본 만화라서 국어 선생님으로서의 체면이 조금 떨어지는 것 같기는 한데, 좋은 만화는 인류 공통의 소중한 유산이니까 너그럽게 생각하자. 아무튼 이 만화의 주인공 루피는 고무고무 열매를 먹고 온몸을 고무처럼 쭉쭉 늘일 수 있는 초능력을 갖게 되었다. 사실은 세상을 뒤집을 운명을 타고난 핏줄이지만, 어릴 적 부모에게 버려져 고아처럼 자랐다. 그런데 기죽기는커녕 언젠가 해적왕이 될 거라는 큰 꿈을 가지고 있다. 조각배 한 척을 몰고 씩

씩하게 바다로 나섰지만 역시 현실은 만만치 않다. 이에 기가 죽을 법도 한데 새로운 동료들을 하나씩 만나고 목숨을 위협하는 적들을 물리쳐 가면서 해적왕이라는 꿈에 차근차근 다가간다. 1997년부터 연재를 시작했으니 만화책으로만 해도 100권이 훌쩍 넘는 양이라 한번에 다 읽기는 어렵지만, 작가가 몇 년 뒤에는 완결이 날 거라고 했으니 기다리는 재미도 있을 법하다.

두 이야기가 엇비슷하다는 느낌을 받았다면 아마 책을 좀 읽은 사람이거나, 국어 시험에서 왠지 모르게 자기 노력보다 높은 점수를 받는 사람이거나, 앞으로 새로운 콘텐츠를 만들어 낼 가능성이 높은 사람일지 모른다. 사실 강백호와 루피는 공통점이 많다. 놀라운 리바운드 실력과 몸이 늘어난다는 비범한 능력을 지녔지만 불우한 어린 시절을 보냈다. 어찌어찌 목표를 정하고 시작은 했지만, 강력한 상대들을 만나 좌절을 거듭한다. 그러나 서로 믿고 의지할 수 있는 동료들을 만나는 과정에서 스스로 성장을 계속해 결국 자신의 목표에 점점 다가가게 된다.

이렇게 ‘고귀한 혈통 - 비범한 능력 소유 - 어린 시절의 고난 - 조력자의 도움 - 성장 후의 시련 - 위대한 승리와 업적의 달성’으로 이어지는 이야기 구조를 ‘영웅의 일대기 구조’라고 한다. 배우지 않고도 이런 대강의 흐름을 앞의 두 이야기에서 파악해 냈다면 아주 수준 높은 독해력을 지녔다고 할 수 있다. 한 걸음 더 나간다면, 이 이야기는 얼마든지 다시 가공해서 써먹을 수 있다.

예를 하나 들어 보자. 지은이는 부모님이 안 계신 스무 살 아가씨다. 손재주가 뛰어나서 액세서리를 직접 만들어 노점에서 파는데 인기가 많다. 어느 날 단속을 피해 도망치다가 비싼 차에 부딪혔는데 그 차의 주인은 주얼리를 전문으로 판매하는 재벌 그

룹의 장남 선재다. 액세서리와 지은이에게 동시에 반한 선재는 지은이를 자기 회사에 입사시킨다. 때로는 티격태격하고, 때로는 썸을 타지만 둘은 새로운 프로젝트를 연이어 성공시키며 점점 더 가까워진다. 이 둘을 질투의 눈으로 바라보던 선재의 약혼녀 세영이는 뒷조사를 통해 지은이의 디자인이 표절이며 부모님도 안 계신 고아 출신임을 세상에 폭로한다. 하지만 결정적인 순간에 지은이의 친아버지가 나타나고 표절 역시 세영이의 조작임이 밝혀지면서, 지은이와 선재는 사랑과 성공을 동시에 얻게 되는…….

어디서 많이 들어 본 이야기일 것이다. 단군 할아버지와 주몽 임금님 이후로 시간과 배경, 세부적인 설정을 조금씩 바꿔서 이런 구조의 이야기들은 끊임없이 재생산되었고 이를 통해 사람들은 팍팍한 삶을 버티고 꿈을 꿀 수 있는 힘을 얻어 왔다. 아! 꼭 재벌 후계자를 만나라는 이야기는 결코 아니다.

그러니까, 이 영웅의 일대기가 나의 인생에도 꼭 들어맞을 수 있다는 말을 하고 싶은 것이다. 영웅의 일대기에서 어떤 '보편성'이라는 걸 느낄 수 있기를 바란다. 보편성이라는 건 어디나 두루두루 통한다는 뜻인데, 이걸 앞의 이야기에 적용해 보면 사람 사는 건 어디나 엇비슷하다는 걸로 이해해도 좋다.

인생은 고난과 극복의 연속이지만, 그 속에 누구나 자신만의 무기가 있다는 것. 그것이 앞서 말한 이야기들 속에서 읽어 낼 수 있는 보편성이다. 다만, 스스로가 그것을 무기라고 믿어 줘야만 작동한다는 점을 꼭 기억해야 한다. 강백호는 "물론! 난 천재니까."라는 대사를, 루피는 "난 해적왕이 될 남자니까."라는 대사를 시그니처 마크처럼 되풀이한다. 남들은 말도 안 되는 소리라며 비웃지만 그들은 진심으로 자신을 믿었다. 근거를 대 보라고 하면 못 댄다. 댈 필요도 없다. 나에 대해 내가 그렇다면, 그런 거다.

나는 무슨 능력을 갖고 있는지를 찾아보자. 엇비슷한 보기들 중에서 정답을 잘 찍어 내는 것. 어디서든 잘 자는 것. 남의 이야기에 맞장구를 잘 치는 것. 책을 안 읽어도 마치 다 읽은 것처럼 말을 지어 낼 수 있는 것. 몇 시간이고 지치지 않고 오래오래 걸을 수 있는 것. 이런 것들이 나를 전국 최고의 농구 선수와 해적왕으로 만들 수 있는 능력이라고 내가 믿어 버리면, 그걸로 끝이다. 드라마 'D.P.'를 비롯해 다양한 영화에 출연한 배우 구교환은 어느 방송에 나와 인생에 힘든 위기가 닥칠 때마다 이렇게 생각한다고 말했다.

"주인공 서사라고 그랬어요. 힘든 일 있을 때마다, 내가 영화 속 주인공이다 생각하면 다 해결돼요."

그걸 가지고 지금 내가 겪고 있는 어려움을 이겨 내면, 나는 다음 단계로 나갈 만큼 조금 성장한 셈이다. 그렇게 자박자박 걸어가면, 우리는 어디에선가는 반드시 영웅이 되어 있을 것이고, 지금 이 순간에도 각자의 이름을 붙인 영웅의 일대기 중 어느 순간을 살아가고 있는 것이다. 그러니까 생각하지도 못한 위기기 찾아오거든, 네 멋진 목소리로 세상에 소리쳐라. 나는 나만의 빛이 있다고. 지금 나는 내 인생의 주인공으로 살고 있다고.

내게 위로와
용기를 주는 노래

“안녕하세요! JSHS(Jeong Seon High School) 방송국 아나운서 김예린, 이솔입니다. 오늘 ‘Turn On The Radio’ 방송은 우리 학교 청취자 여러분들의 사연과 신청곡으로 꾸며 보겠습니다. 지난 시간에 예고해 드렸더니 굉장히 많은 사연이 도착했습니다. 오늘 이 사연과 함께 방송을 만들어 주실 이원재 선생님 모셨습니다. 안녕하세요!”

“네! 안녕하세요! 이원재입니다. 오늘은 ‘내게 위로와 용기를 주는 노래’ 특집이죠?”

“맞습니다. 저희가 방송 전에 사연을 읽으면서 막 울고 웃고 그랬다니까요?”

“옛말에 울다가 웃으면 어디에 털 난다고…….”

"에이, 선생님, 농담 그만하시고 오늘 첫 번째 사연부터 바로 읽어 주시죠."

"예. 첫 번째는 2학년 이성경 학생의 사연이네요.

지난 8월 10일 다른 학교 남학생을 한 명 소개받았어요. DM으로 서로 궁금한 걸 묻다가 목소리가 궁금하다면서 전화 통화도 하게 되었죠. 그 애는 주변 친구들에게 저를 여친이라고 말하면서 '예쁘다, 귀엽다.'는 칭찬도 매일 해 줬어요. 그 애는 완벽한 제 이상형이었어요. 운동 잘하고, 저보다 키도 크고, 약간 날라리 같은 인상에 활발한 성격까지. 완전히 반해 버린 저는 며칠을 고민하다가 결국 먼저 고백을 하고 말았죠. 그런데 고백을 한 이후부터 그 애는 태도가 바뀌었어요. 답을 해 달라고 해도 자꾸 말을 돌리고 만나자고 해도 친구들과 선약이 있다면서 피하곤 했죠. 그러던 어느 날, 그 애로부터 '이제 그만 연락하자.'는 메시지를 받았어요. 이유도 제대로 듣지 못하고 차단을 당해서 몇 날 며칠을 울었는데 다른 친구로부터 벌써 그 애에게 다른 여친이 생겼다는 말을 들은 거예요. 나는 아직 마음 정리도 다 못 했는데 어이가 없었죠. 처음엔 화가 났지만 사람 마음이 참 우습죠. 자꾸 보고 싶고 그런 나한테 또 화가 나고. 그럴 때 우연히 듣고 제 이야기 같아서 펑펑 울었던 노래가 Stephen Sanchez의 'Until I Found You'입니다. 완벽한 이상형이었던 그 애가 보고 싶고 다시 한번 이야기 나누고 싶다는 마음이 들 때면, 이 노래를 들으면서 달랩니다, 하고 사연 주셨네요."

"어? 어? 예린 씨, 어디 가요?"

"성경이 찬 그 인간 잡으러 갑니다. 말리지 마세요!"

"예린 씨, 진정하세요 진정. 이렇게 서로 마음이 어긋날 땐 진짜 속이 상하죠. 문학 시간에 우리가 배우는 대부분의 문학 작품들도 이렇게 뭔가 잘 안 풀릴 때 쓰인 거라고 하셨잖아요. 선생님, 선생님도 고등학생 때 연애를 해 보셨나요?"

"당연하죠. 고등학교 1학년 때 처음으로 여자 친구를 2주 정도 사귀어 봤는데 금세 차이고 나서 성당 가서 찔찔 짜면서 기도했던 기억을 떠올리면 지금도 닭살이 돋습니다."

"사모님도 아시는 이야기죠?"

"어흠, 뭐 그런 걸 물어보고. 아무튼 우선 우리 성경이에게 심심한 위로의 말씀을 전합니다. 근데 오히려 저는 성경이가 이런 경험을 해 본 게 참 좋다고 생각해요. 제가 수업 시간에 늘 이야기하는데, 사람을 가장 많이 성장시키는 건 독서, 여행, 이별 이거든요. 그중 하나를 겪은 거잖아요."

"사랑이 아니고 이별이요?"

"네, 이별이요. 사랑에 빠지면 사실 주변에서 뭐라고 해도 안 들려요. 말리는 친구 말도, 학생이 무슨 연애냐며 핀잔하는 선생님과 부모님 말씀도. 그러니까 동양에서는 춘향이가 서양에서는 줄리엣이 그

어린 나이에, 지금의 중학생 나이였던 건 알죠? 사랑에 목숨을 걸었던 거 아닙니까. 그런데 이별을 하면요, 치음엔 아프지만 조금씩 상황이 객관적으로 보여요. 그 사람이 얼마나 나랑 맞지 않았거나 별로였는지. 혹은 내가 그에게 어떤 잘못을 했는지 혹은 나는 얼마나 부족한 사람이었는지 하는 게 보이기 시작한단 말이죠. 그러면서 다음에는 그런 잘못을 보완해서 조금 더 나은 사람이 되고, 그에 어울리는 조금 더 멋진 상대를 만날 수 있게 된다는 말입니다.”

“그렇군요. 그럼 사랑을 많이, 아니 이별을 많이 해 보면 해 볼수록 좋은 거겠군요.”

“적당히 해야죠. 너무 많이 하면 마음이 너덜너덜 해지고 만나고 헤어지는 데 큰 의미를 두지 않게 됩니다. 진짜 별로예요. 그리고 드라마나 영화는 한정된 시간에 감정의 진폭을 크게 하기 위해 사랑을 극단적으로 묘사하는데, 일상은 결코 그렇지 않습니다. 부디 그 주인공들을 따라 하려고 하지 않았으면 좋겠어요."

"네, 알겠습니다. 저도 이제 좀 진정이 되네요. 솔이 씨, 그럼 다음 사연 읽어 볼까요?"

"좋습니다. 이번에도 2학년인 김가온 학생의 사연입니다.

제가 몸도 마음도 많이 아프던 시기가 있었어요. 속병이 나서 단기간에 10킬로그램이 넘게 빠졌고 짧은 계단을 오르내리는 것도 힘들었어요. 머리를 감다가도 팔 올리는 게 힘들어서 몇 번씩이나 쉬어야 했으니까요. 몸이 아프니까 해야 할 일도 계속 미루고 포기하고 그랬죠. 벌써 인생에서 실패자가 된 것 같고 정상 궤도에서 이탈해 버린 느낌, 낙오자가 되어 버린 느낌이 들었어요. 그렇게 매일 누워서 핸드폰만 들여다봤는데 거기서 내가 가진 부정의 기운을 모두 다 사랑으로 바꿔 준 사람을 발견하곤 좋아하게 됐어요.

그 사람은 100을 보여 주기 위해선 150을 준비해야 한다고 말하고, 후회 없이 최선을 다하는 걸 최고의 가치로 꼽고, 남들은 오글거린다고 해도 자기감정을 솔직히 표현할 줄 아는 사람이에요. 그 반짝이는 사람 앞에서 부끄럽지 않고 싶다고 생각하니 조금씩 저도 다른 사람의 행복을 빌어 주게 되고, 선함의 힘을 믿게 되고, 누군가의 다정함을 눈여겨볼 수 있게 됐어요.

목소리만 들어도 웃음이 나는 사람이 있다는 게 얼마나 큰 기쁨인지 아시나요? 누군가는 팬과 아이돌의 관계는 일방적이고, 어차피 그들은 너의 존재조차 모른다고 말해요. 하지만 내가 그 사람을 알잖아요. 도전하는 사람이 얼마나 반짝이는지, 부드러움이 얼마나 강력한 무기가 되는지, 사람이 어떤 방식으로 사람을 바꾸는지도 말이죠. 그걸 아는 것만으로도 저의 세상은 날마다 변화하고, 저는 날마다 아주 조금씩 강해지고 있답니다. '밤이 깊을수록 더 별은 빛나듯이 때론 보이지 않아도 느낄 수가 있지. 분명 이 길 끝엔 찾던 답이 있을 테니.'라는 가사처럼 깊은 어둠 속에서도 날 이끌어 주는 별을 찾을 수 있기를, 또 그 별을 따라간 길 끝에 사랑하는 사람이, 행복한 세상이 기다리고 있기를 바라면서 NCT127의 'Dreams Come True'를 신청합니다."

"이 사연을 읽으니까 지난겨울 길거리에서 시위하는데 아이돌 응원봉을 들고나왔던 사람들의 마음을 조금은 이해할 수 있을 것 같네요."

"그럼요, 선생님. 사는 게 지칠 때 그 사람들 얼굴만 봐도 인류애가 충전된다니까요. 선생님도 아이돌 좋아하세요? 음, 선생님 시절이라면 잘은 모르지만 H.O.T나 뭐 빅뱅 정도는 이해해 드릴게요."

"야…… 나도 아침마다 DAY6 노래 듣거든? 아무튼 그냥 케이팝이라고 뭉뚱그려 말하기에 부족할 만큼 여러분들은 정말 이 오빠들을, 언니들을 진심으로 삶의 일부로 생각하고 있는 거 같아서 앞으로 저도 좀 더 관심을 가져 보겠습니다. 마지막 사연은 예린이가 읽어 볼까요?”

“좋습니다! 오늘 마지막은 역시 2학년, 김형래 학생이 보낸 사연입니다. 이 사연은 조금 짧네요.

안녕하세요. 저는 2학년 김형래입니다. 가끔 원재 쌤에게 좋아하는 노래 신청하면 수업 중 잠깐 쉬는 시간에 틀어 주실 때가 있거든요. 다른 친구들이 먼저 신청한 노래들이 많아서 제가 굳이 신청하지는 않았지만 친구나 선후배에게 노래를 추천해야 한다면 언제나 변함없는 저의 선택은 스텔라 장의 ‘Colors’입니다. 당신의 색깔은 무엇이냐고 묻는 물음에 이 노래는 ‘나는 빨강, 노랑, 파랑, 보라, 초록, 분홍, 검정, 하양. 당신이 원하는 무슨 색이든 될 수 있어.’라고 답합니다. 제게는 이 말이 참 자상하고 따뜻한 말로 들렸습니다. 나 역시 당신이 어떤 색인지 궁금하고, 나는 어떤 색이든 될 수 있으니 당신의 색으로 나를 채워 달라는 말로 들렸기 때문입니다. 세상에는 참 다양한 색을 지닌 사람들이 있고, 서로 그 색을 맞춰 가면서 살아갑니다. 하지만 각박한 세상에서 자신의 색을 지키지 못하거나 혹은 남에게 자신의 색을 강요하기도 합니다. 하지만 이 노래를 듣는 여러분은 이 가사처럼 자신의 마음에 다른 사람의 색을 받아들여 주는 자상한 사람들이었으면 좋겠다는 마음으로 노래를 신청합니다, 하고 사연 주셨네요."

"이 노래 가사 영언데? 솔이 이거 해석 가능?"

"에이, 선생님. 제가 고3인데 설마 What's your color 정도를 모르겠어요? 그리고 I could be는…… 이게 나는 될 수 있었…… 예린 씨! 도와줘!"

"선생님 솔이 씨 그만 놀리시고요. 수업 시간에 하는 토론에서부터 수행평가, 지필고사, 대학 입시와 그 이후의 삶까지 모두 다른 사람을 제치고 나를 더 드러내라고 강요받는 느낌을 늘 받아 왔는데 이 노래는 상대에게 나를 맞춰 주겠다고 하는 부분에서 더 감동적인 것 같아요. 살짝 눈물이 나려고 하는데요.”

“시연을 보낸 형래의 해석이 노래에 더 몰입하게 도와준 것 같아요. 문학을 가르치는 보람이 있는데요?”

“동감합니다. 선생님, 그런데 이제 우리 어느새 방송을 마칠 시간이 됐어요. 세 학생이 신청해 준 노래를 틀어 드리면서 저희는 이만 인사를 드리도록 하겠습니다.”

“잠깐만요! 오늘 저희에게 보내 주신 사연들이 너무 반짝이고 예쁜데 소개를 다 해 드리지 못해서 아쉽습니다. 그래서 청취자 게시판에 오늘 들어온 ‘내게 위로와 용기를 주는 노래’ 신청곡들 리스트를 정리해서 올려 둘게요.”

“와와와! 그걸 나의 플레이리스트에 저장해 두면 좋겠군요.”

“맞아요. 공부하다가, 미래에 대한 고민으로, 친구

와 부모님과의 갈등으로 어쨌든 여러 가지로 지치고 기운 빠질 때 이 플리를 꼭 들어 보시길 바랍니다. 그럼 이제 진짜로 인사드리고 물러가겠습니다. 지금까지 JSHS 방송국 'Turn On The Radio' 진행에 김예린, 이슬 그리고 이원재 선생님이었습니다. 감사합니다!"

내게 위로와 용기를 주는 노래 40

- Until I Found You, Stephen Sanchez

- Dreams Come True, NCT127

- Colors, 스텔라 장

- 내일이 오면, 릴보이

- 형(兄), 노라조

- Things In Life, Dennis Brown

- 넌 내게 안될 거란 말을 했지만, Homies

- 부럽지가 않어, 장기하

- 북극성, NCT DREAM

- 지친 하루, 윤종신 곽진언 김필

- Life Is Beautiful, amazarashi

- 그래 뭐가 됐든 결국 지나간다, 천진우

- 달, 109

- 슬퍼지려 하기 전에, 쿨

- 수고했어, 오늘도, 옥상달빛

- Love, wave to earth

- 아픈 길, DAY6

- 둘! 셋!, 방탄소년단

- 같이 가요, 세븐틴

- Heartbeat, 방탄소년단

- Enter Sandman, Metallica

- 힘 내!, 소녀시대

- 혼자가 아닌 나, 서영은

- No Surprise, Radiohead

- 괜찮아요, 비투비

- 도망가자, 선우정아

- 행복했던 날들이었다, DAY6

- 혹시 세상에 혼자 남겨진 것 같다면, 우디

- 괜찮아도 괜찮아, 도경수

- True, Martin Taylor

- 너와의 모든 지금, 재쓰비

- 한숨, 이하이

- 기도, 윤하

- 그때 그 노래, 장기하

- 개화, LUCY

- 자장가, 아이유

- GO!, 도겸

- **미쳐버리겠어**, 기리보이

- **영원회귀**, 겸

- **Every Second**, Mina Okabe

태풍과 벼락과
땡볕의 맛

여름아 안녕.

독서 수업 시간에 글쓰기 노트에 썼던 너의 고백을 읽고 그냥 지나칠 수가 없어서 몇 자 적는다.

가족의 생계를 위해 투잡을 뛰면서까지 자신을 희생했던 엄마 인생의 아픔을 이해하게 될 만큼 마음이 깊어진 너. 외할머니의 죽음을 계기로 이제는 아버지를 떠나 자신의 삶을 찾아가겠다는 엄마의 결심을 존중하고 응원해 줄 수 있을 만큼 나이에 비해 성숙해진 널 보면서, 어렸을 때 내 생각이 나서 한참을 먹먹했다.

마흔이 넘은 아저씨 국어 선생님이 숙제 검사하려고 글을 읽는 게 아니라, 매일매일 할머니에게 구박받아서 눈물짓는 엄마를 바라보던 중학생이 비슷한 어려움을 겪는 친구의 글을 읽는 듯한 마음이었어.

요즘도 고부 갈등은 드라마나 예능에서 단골 소재로 쓰지만 내가 어릴 땐 그 무게감이 지금보다 훨씬 더했던 것 같아. 우리 할머니는 엄마가 뭐 그리 마음에 안 드셨던지 매일매일 사소한 걸 트집 잡아 엄청 구박하셨지. 남편 그러니까 우리 아빠는 엄마 편을 좀 들어줄 법도 하건만 그런 장면을 보고도 장승처럼 멀거니 입을 꾹 닫고 계실 때가 많았어. 보다 못한 내가 할머니에게 엄마 좀 그만 괴롭히라고 대들면, 새로이 샘솟은 할머니의 분노가 또 고스란히 엄마한테 쏟아지고. 엄마는 그게 쌓이니까 밤에 할머니 몰래 아빠와 싸우고. 나는 옆방에서 그걸 듣고. 부모가 싸우는 소리에 어린 자녀들은 마치 전쟁터에 던져진 것 같은 공포를 느낀다던데 그렇게 보면 우린 시간과 장소는 다르지만 격렬한 전쟁터를 함께 견디고 지나온 일종의 전우 같다는 생각이 들어서 혼자 큭큭 웃었단다.

한번은 이런 일도 있었어. 할머니가 소고기가 먹고 싶으니 사 오라고 했는데 엄마는 생활비가 빠듯했던 거야. 그래서 하릴없이 집 앞 정육점에서 수입 소고기를 사다 구워 드렸는데 할머니는 몇 점 드시더니 그걸 또 어떻게 귀신같이 아시고 당장 바꿔 오라고 노발대발했던 거지. 그런데 어떡해. 고기를 또 살 돈이 없는걸. 어깨가 축 처져서 정육점을 다시 찾은 엄마를 보고 사정을 딱하게 여긴 사장님이 수입 소고기 중에 다른 부위를 좀 더 썰어 주면서 할머니한테 한우라고 우기라고 했다는 거야. 엄마는 반신반의했지만, 할머니는 ‘역시 한우가 맛있다.’면서 무지 잘 드셨어.

어린 마음에도 이런 할머니가 얼마나 얄밉던지, 소고기를 먹고도 기분이 풀리지 않아 이불을 뒤집

어쓰고 안방에 누운 할머니 곁에 가서 이불 위로 확 깔고 앉아 버렸어. '어? 할머니 여기 계셨어요? 그냥 이불인 줄 알았네.' 하면서. 그날 저녁 애를 어떻게 가르쳤냐고 또 할머니에게 혼나는 엄마 속이 갑갑했을지, 고소했을지는 잘 모르겠다.

그러다 내가 고3 때 수능을 치르자마자 엄마 아빠는 따로 살기 시작했어. 곧 법적으로 이혼도 했고. 고등학교 때 엄마랑 둘이 있을 때면 이렇게 구박받으면서 힘들게 살 바에 그냥 이혼하라고 엄마에게 계속 말했던 생각이 나. 엄마도 내게 엄마 아빠가 이혼하면 넌 어떨 것 같냐고 많이 물었거든. 걱정이 됐겠지.

그때의 난 진짜로 이렇게 생각했어. 엄마도 엄마의 행복을 찾으면 좋겠다고. 엄마의 삶을 살면 좋겠다고. 나도 이제 내년이면 성인이니 자식도 다 키워 놨고, 엄마도 이만하면 참을 만큼 참았다고. 그러니까 새 삶을 살아가는 데 나 때문에 발목 잡히지 않았으면 좋겠다고 말이야. 그 말에 용기를 얻었는지는 몰라도 엄마는 그렇게 우리 집을 떠나 새 삶을 시자했어. 아니, 정확하게 말하면 네가 할머니와 아빠 곁에 남은 거지만.

그게 벌써 20년이 됐네. 지금은 다들 어떻게 지내는지 궁금하지 않니? 할머니는 치매 때문에 요양병원에 10년 가까이 계시다가 몇 년 전에 돌아가셨어. 그런데 돌아가시기 몇 달 전부터, 그렇게 애지중지하던 손자 얼굴도 못 알아보면서 며느리를 찾으시더라. 맨정신일 때랑은 전혀 다르게 무척이나 다정하게 말이야. 심지어 돌아가시기 전에 엄마한테 분명히 그동안 미안했다고, 잘 살라고 하고 가셨대.

엄만, 엄마를 아껴 주는 새로운 동반자를 만나서 함께 살아. 티격태격하면서도 서로 참 많이 의지하는 게 보여서 마음이 편하고 그렇게 감사할 수가 없어. 서로 멀리 산다는 핑계로 자주 찾아가지 못하는 미안함이 덜어질 만큼.

아빠는 뭐, 쿨하게 혼자 잘 지내. 혼자 있으니 건강이 좀 걱정이지만. 내가 속으로 안달복달했던 게 무색할 만큼 다들 알아서 자기 인생 잘 살고 계신다고 해 두자. 그러니까 여름아, 부모님의 관계가 변하고 난 뒤 그분들이 잘 살까 하는 고민은 접어 둬도 될 것 같아. 넌, 네가 행복해지는 방법만 고민했으면 좋겠다.

엄마가 행복했으면 좋겠다고, 그래서 엄마를 행복하게 만드는 게 삶의 목표가 되었다는 여름이 말에서, 엄마의 행복을 찾아 떠나도 된다고 말했지만 마음 한구석엔 왠지 버려지는 듯한 느낌을 지울 수 없었던 그 시절의 내가 떠올라서 내 이야기를 한참 해 버렸네. 한 김에 좀 더 하지 뭐.

여름아, 아무리 엄마를 응원한다고 해도 문득 원래의 가족이 그대로였다면 더 좋지 않았을까 싶을 때가 문득문득 찾아올 거야. 하지만 깨진 그릇을 다시 붙일 수 없는 것처럼, 서로 신뢰를 잃은 관계는 아무리 가족이어도 다시 예전으로 돌아가기 힘든 것 같아. 그리고 억지로 이어 붙이는 일이 엄마가 진정으로 원하는 것이 아니라 여름이가 원하는 것이라면 엄마 인생엔 또 다른 불행이 연속될지도 모르지.

우린 우연히 부모 자식으로 만났지만 각자의 삶이 있어. 그렇기 때문에 부모 자식은 언젠간 반드시 몸으로도 마음으로도 독립해야만 하는 거라고 생각해. 엄마도 그동안 자식의 자립을 위해 시간을 내주다가 이제야 자신을 위해 독립하려는 건지도 몰라. 반대편에서 보면 여름이도 부모님으로부터 마음의 독립을 이룰 좋은 기회라고도 볼 수 있겠지. 그렇게 생각하면서 스스로를 다독이고 돌볼 줄 아는 사람이 된다면 엄마는 널 키워 낸 보람을 무척 크게 느낄 거야. 어쩌면 독립하는 엄마에게 드리는 선물이 될 수도 있겠다. 집에 손 벌리지 않는 삶을 살겠다고 벌써 진로를 행정직 공무원으로 정했다는 너의 말을 듣고 벌써 그쪽으로 한 걸음 더 가 있는 것 같아서 기특하기도, 또래보다 조금 빨리 철이 들어 버린 것 같아 코끝이 살짝 찡하기도 했어.

내가 좋아하는 시 하나 들어 볼래?

저게 저절로 붉어질 리는 없다.

저 안에 태풍 몇 개

저 안에 천둥 몇 개

저 안에 벼락 몇 개

저게 저 혼자 둥글어질 리는 없다.

저 안에 무서리 내리는 몇 밤

저 안에 땡볕 두어 달

저 안에 초승달 몇 낱

- 장석주, 〈대추 한 알〉

국어 시간처럼 이걸 일일이 해석해 주지 않아도 여름이라면 충분히 이 말의 의미를 읽어 낼 수 있을 것 같다.

엄마 아빠가 싸우던 순간은 태풍이었겠고, 엄마가 이혼하겠다고 한 말은 아무래도 천둥이나 벼락 같았겠지. 그리고 마음 아픈 걸 티 내지 않으려 친구들에게 괜히 짜증 내고 싸우던 시간은 땡볕이 내리쬐던 순간이었겠고, 이어폰을 끼고 새벽에 혼자 노래 들으면서 걷던 시간에 무서리가 내리는 몇 날 며칠의 밤이 지나갔겠지.

그렇게 여름이가 겪고 있고, 곧 겪게 될 일들도 여름이를 더 여물게 하는, 남들에겐 없는 레벨 업의 기회였으면 좋겠다. 레벨 업까진 안 되더라도 지금 내가 이러고 있는 것처럼 나중에 네가 어른이 되거나 혹은 가까운 미래에 너의 주변에 있는 사람이 너와 비슷한 일들을 겪을 때 이렇게 공감해 줄 수 있기를 바란다. 그럼 여름이가 그 사람의 시간을 버티고 견딜 수 있게 도와주는 가치 있는 사람이 되는 셈이니까.

뭐 정 그런 게 잘 안되면, 같이 학교 주변이라도 산책 삼아 걷자. 학교 뒷문 바로 앞집에 큰 대추나무 있는 거 본 적 있니? 가을이 되면 열매들이 참 탐스럽게 열려. 나는 가정이 있는 공무원이니까 남의 걸 마음대로 따 먹을 순 없고, 땅에 떨어진 잘 익은 대추 몇 알 슬쩍 주워서 몰래 씹으면서 걷자. 나도 네 나이 땐 대추를 안 먹었어. 제사상에 올리는 장식 같은 거라고만 생각했지. 20대 후반이 되어서야 먹기 시작했는데 태풍과 벼락, 땡볕과 무서리의 맛을 알고 나서 먹는 대추는 내 생각보다 훨씬 달더라. 그 열매를, 여름이도 함께 맛볼 수 있게 되기를 진심으로 바란다.

네가
잘됐으면 좋겠어

“교장실에서 잠시 만나요, 이 부장님. 상의할 일이 좀 있습니다.”

교장선생님이 학생부장을 따로 부르는 건 1년에 몇 번 없는 일이다. 가끔 일찍 출근하다가 만난 아이들이 교복을 입은 상태가 영 별로라 심기가 불편하시거나, 학교 주변에서 아이들이 담배를 피워 대는 통에 민원이 많이 들어오니 순찰을 좀 강화해 달라는 특별(?)한 메시지가 있을 때나 혼자 교장실을 찾게 된다.

“무슨 일 있으세요? 무슨 민원이라도……?”

“우리 1학년에 곧 전학생이 하나 오는데, 이 친구, 특별히 좀 관리가 필요할 것 같아.”

"애들 괴롭히는 캐릭터입니까? 학폭으로 강제 전학 오는 거예요?"

"아니, 그런 건 아니고. 레슬링하다가 다쳐서 그만뒀대. 체고 가려다가 부상 때문에 운동을 더 못 하고 우리 학교로 전학을 온다네. 근데 원래부터 이 동네에서 유명했던 친구라고 하더라고."

첫 발령을 받았던 때가 생각났다. 고등학생인데도 유도 국가대표 상비군으로 선발되었다가 무릎 인대가 끊어져서 모든 걸 포기하고 특성화고등학교로 전학을 오게 되었던 아이가 있었다. 그 친구 눈에는 갓 발령받은 새내기 교사였던 내가 무척이나 연약하고 가소로워 보였던지 굳은살 가득한 커다란 손으로 내 손을 잡고 쓰다듬으면서 '아이고, 고생 한번 안 해 본 손이네.' 하고 빈정거렸던 기억이 번갯불처럼 가슴을 때리며 되살아났다.

원래 운동을 하다가 전학을 온 친구들은 새로운 곳의 질서에도 곧잘 적응하는 것 같지만, 자세히 보면 눈도 마음도 무척 공허한 상태라는 것을 어렵지 않게 알 수 있다. 특성화고에 갔다 해도 전공 기술은 원래 관심 있는 분야가 아니고, 인문계고에 갔다 해도 그동안 운동을 하느라 공부는 뒷전이었으니 기초가 없어서 수업을 제대로 알아듣는 게 무척 어렵다. 그래서 알아듣지 못할 말들만 난무하는 수업 시간에는 푹 자서 체력은 넘쳐 나고, 나이가 나이인지라 고등학생다운 호기심은 충만해서 여기저기 다니며 충돌을 일으킨다.

예전에야 싸움이 나도 자기들이 알아서 정리를 했지만 요즘은 어디 그런가. 학교에서 애들끼리 싸움 나면 어른 싸움 되는 일은 다반사고, 거기에 학폭법이라는 올가미까지 발동하면 진흙탕 싸움, 개싸움이 되는 일도 흔하다.

전학생들은 으레 전학 온 첫날 그 학교 학생부장의 호출을 받는다. 아이 성향은 어떤지, 지금 상태와 감정은 어떤지 확인해서 적응을 돕기 위한 것도 있지만, 너 여기 와서 잘못하면 나중에 나 만나러 와야 된다는 암묵적 상하 관계를 인식시켜 주기 위한 것도 있다. 교장선생님 말씀도 있고 해서 평소보다 단단히 마음을 먹고 그 친구를 학생부로 불렀다. 그 친구 이름은 상호. 짧은 바지에 우락부락한 근육이 헐크 같은 녀석이 들어올 줄 알았더니 덩치는 좀 있지만 의외로 동글동글하고 검게 탄 얼굴에 웃음이 순박해 보이는 귀여운 남학생이 등장했다.

국가대표가 되는 것이 목표였는데 그만두게 됐다는 게 짠해서, 인문계고등학교 와서 공부 열심히 해가지고 특전부사관이 되어 보겠다는 나름의 목표가 기특해서, 상호를 위해 무엇이든 도움을 좀 주고 싶었다. 부사관이 되려면 필기시험을 봐야 하는데 거기에 영어도 포함되어 있다. 산책하면서 자연스레 이야기도 더 할 겸 읍내 서점으로 데려가 초등학생용 영어 단어장을 하나 사 주기로 마음먹고 함께 나섰다. 언제까지 영어 공부를 했냐고 물었더니 초등

학교 3학년 때까지는 했던 것 같다며 고개를 갸웃 거렸다. 시작과 동시에 그만둔 셈인데, 설마 하는 마음으로 마침 보이던 중국집 간판에 쓰인 'china' 를 읽어 보라고 했다.

"치…… 나? 친? 진아……?"

중학생용 단어장을 사려고 하지 않은 게 다행이라고 생각하며, 앞으로 일주일에 한 번씩 나와 영어 단어 시험을 치르기로 약속했다. 수줍게 교무실에 들어와서 삐뚤빼뚤 단어를 쓰는 모습이 귀엽기도 했고 다행스럽기도 했다. 교장선생님의 우려처럼 자신의 삶도 그 덜덜 떨리는 알파벳처럼 흔들리고 있지만, 그래도 조금씩이나마 앞을 향해 나아가고 있는 것 같아서.

내 앞에서 모습과는 다르게 전학을 온 지 얼마 되지 않아 인근 중, 고등학교를 다 접수했다는 말이 돌기는 했지만 학교 안에서만큼은 특별한 사건 없이 평화가 지속되던 어느 날, 드디어 사건이 벌어지고야 말았다.

수업이 좀 일찍 끝나서 상호가 교실 컴퓨터로 음악을 틀었는데 그게 소리가 좀 컸는지 공부 마무리를 하고 있던 같은 반 진우에게 방해가 되었던가 보다. 소리 좀 줄여 줘. 어, 그래 미안. 이 두 마디면 쉽게 끝날 일이지만, 혈기 왕성한 남자 고등학생들에게는 이건 본인의 자존심을 심각하게 위협하는 건방진 소리로 들리게 마련이다. 눈빛이 부딪치고 언성이 높아지더니 기어이 주먹이 올라가는 상황이 되었고, 화들짝 놀란 반 친구들이 달려들어 말린 덕에 주먹의 교환(이라기보다는 아마 진우의 허리가 접혔겠지만)까지는 가지 않았지만 그 팽팽한 긴장감은, 교실에서 벗어나기 위해 당장 조퇴를 하고 싶을 정도였다고 한 여학생이 내게 말해 주었다.

그렇게 일단락된 줄 알았던 일은 그날 저녁 인스타그램에서 다시 폭발했다. 상호는 분이 가라앉지 않았던지 바닥에 피가 낭자한 사진에다가 너희 집

안을 피바다로 만들겠다는 둥, 이빨만 살아서 꼴값이라는 둥, 신체장애를 유발해서 땅에 묻어 버린다는 둥, 너희 집 족보는 사람의 것이 아닌 멍멍이의 것이라는 둥 험한 말을 적어 동네방네 떠들어 버린 것이다.

당장에 학폭위가 열릴 만한 일이었고 진우 어머니도 이런 협박을 받고는 무서워서 못 살겠다며 엄한 처벌을 원한다고 했다. 현행법대로라면 당연히 절차대로 학폭위를 열어야 하지만, 10년을 넘게 이 일을 해 오면서 단 한 번도 피해 학생이 원하는 만큼의 처벌은 이루어지지 않았고, 가해 학생의 반성도 유도되기 어려운 실정을 보아 왔기 때문에 이런 갈등이 벌어질 때마다 나는 매번 망설인다. 무엇보다도 두 학생 사이는 그전으로 결코 돌아가지 못하게 되는 경우가 많았다. 무조건 학폭위를 열기보다는 양측이 원하는 게 무엇인지 짚고, 직접적인 대화를 통해 그것을 조율해 나가는 게 가장 현실적인 길이었기에, 진우와 상호 어머니를 학교로 모셨다.

먼저 도착한 상호 어머니는 이런 일이 익숙하신 양 생각보다 차분하셨다. 상대 학생의 마음을 먼저 묻고, 우리 아이가 잘못한 게 있으면 그만큼 책임지고 사과하겠다고 하셨다. 다음에 도착한 진우 어머니는 여전히 화가 많이 난 상태였다. 나와 전화 통화를 하는 과정에서 피해 학생인 자기 아이의 편을 들지 않고 가해 학생의 편을 든다는 오해를 해서 더 그랬다. 나는 둘 다 우리 학생이니 사안에 대한 정확한 확인이 우선이라고 했을 뿐인데. 어떻게 이 일을 해결해야 할지 고민하다가 전날 밤 잠들지 못했던 피로가 한꺼번에 밀려왔다.

다시 교실로 돌아왔을 때 고개를 푹 숙이고 있는 상호를 보며 내가 무슨 일을 해야 하는지 머리에 퍼뜩 스쳤다.

"상호야. 선생님은, 네가 잘됐으면 좋겠어. 힘이 센 만큼 조금 더 여유 있고 너그러운 사람이었으면 좋겠다. 내가 지금까지 봐 온 너는 그런 사람이라고 믿어. 진짜 센 사람은 자기를 있는 그대로 인정할 수 있는 사람이니까."

학생들과 이야기 나누다 보면 늘 마음에 가닿는 말은 긴말이 아니라고 믿게 된다. 꼭 학생과 선생님 사이가 아니더라도 어떤 사람과 사람 사이에도 그럴 거라고 믿는다. 네가 잘됐으면 좋겠다는 말, 너를 믿는다는 말, 너는 훌륭한 사람이라는 말은 듣는 사람의 딱딱한 마음을 녹여 말랑말랑하게 한다. 그 말랑말랑한 마음은 마주 선 이의 작은 숨결에도 살살 흔들린다. 네 흔들리는 마음이 내 마음과 같아지면 다툼은, 그걸로 끝이다. 그럴 때라야 사과도 진심으로 가닿는다. 관련된 아이들이 누구며 지금 어떤 마음과 상황인지 잘 모르는 어른들이 학폭이라는 하나의 잣대로 밀어붙일 일이 아닌 것이다. 법으로 따지면 나는 징계를 받게 될지도 모른다. 학교폭력이 될 수도 있는 일을 법에서 정해 놓은 절차대로 처리하지 않고 내 방식대로 해 버렸으니까. 하지만 나는 여전히 법으로 정해진 글자들보다 그 위로 오가는 사람들의 눈빛과 마음을 믿고 싶다.

상호 눈에서 눈물이 뚝뚝 떨어졌다. 눈물을 흘리지 않으려고 눈꺼풀에 잔뜩 힘주고 있다가 눈을 깜빡이면 '뚝뚝'이라는 말이 더 이상 잘 어울릴 수 없을 만큼 구슬 같은 방울들이 떨어진다. 나는 말없이 상호 손을 쓰다듬다가 진우 어머니를 모시고 들어왔다. 진우 어머니는 눈가가 벌건 상호 얼굴을 보더니 그만 피식하고 웃음을 보였다. 무시무시한 건달 같을 줄 알았는데 얼굴을 보니 그냥 우리 아들 같다고, 옛날에 운동을 했던 자기 모습이 보인다고. 실수할 수 있다고. 이해한다고. 화해라는 말을 거론할 것도 없이 사안은 그것으로 마무리되었다. 상호도 죄송하다고, 생각이 짧았다는 말로 진우 어머니 손을 슬며시 잡았다. 그 뒤로 3년 동안, 상호가 발톱을 드러내는 일은 없었다. 가끔 억울한 일로 분이 차오를 때면 '네가 잘됐으면 좋겠다.'는 말이 함께 떠올랐다고 했다.

상호와 조금씩 친해지고 있던 때 장난삼아 "네가 좀 친다며? 이 동네 네가 다 잡을 거라고 했다며?" 하고 물었더니 "누구든지 한 방이면 됩니다."라고 으스대며 말하던 모습이 떠오른다. 꿈이 꺾이고 미래가 불투명해서 비뚤어지고 있는 사람에게도, 불안한 마음에 주변을 가리지 않고 막 할퀴어 대는 사람에게도 한 방이면 된다. 딱 한 방. 남 탓을 하고, 과거를 후회하는 대신 다시 일어서서 일상을 회복할 수 있도록 무릎에 힘을 넣어 주는 건 결국 다정하고 따뜻한 말 바로 그 한 방이면 된다는 걸 상호는 나에게 가르쳐 주었다.

하루쯤
아빠가
되어 줄게

학생부장을 오래 하다 보면, 처음 만나는 학생인데도 어떤 어려움을 겪고 있는지 한눈에 알아봐질 때가 있다. 고등학교 2학년 문학 수업에서 만난 새인이도 그랬다. 새 학기 첫 시간, 교실 문을 열고 들어가 교탁을 짚고 서른 명 가까이 되는 아이들을 쭉 훑어보는데 텅 빈 듯한 눈으로 나를 바라보는 새인이의 머리 위에서 빨간색 사이렌이 윙윙 울리는 것처럼 보였다.

아니나 다를까, 과제를 주고 아이들 사이를 걸으면서 새인이 옆으로 가 슬쩍 살펴보니 블라우스 소맷단 아래 살짝 드러난 맨살에 칼자국이 여러 개 나 있는 것이 보였다. 사람마다 다를 수 있지만 아주

거칠게 말하자면 자해는 죽고 싶은 마음보다는 살고 싶다는 마음을 드러내는 것일 수도 있다. 내 앞에 있는 이 아이가 대체 무슨 일을 겪었기에 살아 보려고 이렇게 아프게 발버둥 치는 건지 묻고 들어 주고 도와주는 게 내가 할 일이다. 살아 보려고 하던 일조차 지쳐서 죽음으로 발걸음을 옮기지 않도록.

새인이는 글을 참 잘 썼다. 초보이긴 해도 명색이 작가라고 책을 두 권이나 펴내고 우쭐해 있는 나도 그 나이 때는 결코 그렇게 쓰지 못했을 만큼 문장이 섬세하고 단단했다. 게다가 그림도 제법 잘 그려서, 아니지 제법이라고 말하는 건 어울리지 않는다. 미술을 전공하기 위해 예술고등학교에 진학했다가 그만두고 온 아이였으니 그림에도 재능이 있었던 거다. 새인이가 제출한 글쓰기 수행평가 과제를 확인하다가 너는 글도 잘 쓰고 그림도 잘 그리니까 그림책 작가가 되면 대성하겠다는 덕담을 건넸더니 이미 본인이 만들어 놓은 그림책이 여러 권이라고 했다. 자기가 좋아하는 걸 하고 있다는 생각에 새인이 머리 위에 있던 사이렌의 빨간불을 노란불 정도로 낮춰도 되겠다 싶었다.

그해 5월이었다. 금요일 저녁 회식에서 과음한 터라 잠을 자고 일어났어도 몽롱한 토요일 오전이었다. 습관처럼 인스타그램에 접속해서 새로 올라온 사진을 보고 있는데 새인이의 새 게시글을 보고 정신이 번쩍 들었다. 피가 뚝뚝 떨어지는 자신의 잘린 목을 들고 있는 장면을 뾰족하고 거친 볼펜으로 그린 그림이었다. 당장 이 아이를 찾아야 했다. 학교 위클래스 상담 선생님과 연락해서 새인이가 지금 있는 위치를 수소문했다. 속이 타는 몇 시간이 지나고서야 시내의 어느 아파트 옥상에서 새인이를 찾았다.

주말을 지내고 상담 선생님께 자세한 내막을 전해 들었다. 새인이는 일반 가정이 아니라 보호시설에서 살고 있었다. 본인부터도 마음이 바람 부는 대로 오락가락했지만 시설 안에서 함께 생활하던 아이들과의 관계도 좋지 않은 모양이었다. 몸 이곳저곳에 스스로 상처를 내는 일까지, 이 모든 일의 시작은 새인이의 과거에 있었다.

새인이는 입양아였다. 원래 자기 이름조차 모르는. 입양이라는 일이 누군가에겐 새로운 울타리가 생기는 일이겠지만, 새인이에게는 지독한 불행의 시작이었다. 오랜 기간 동안 끔찍한 가정폭력과 아동학대를 견뎌 내야 했기 때문이다.

새인이의 어머니와 아버지는 가정 밖에서, 그러니까 사회에서는 남들에게 칭찬받는 좋은 사람들이었다. 직업도 자신의 영달을 추구하는 것보다는 타인에 대한 섬김과 봉사를 해야 하는 일이었다. 그러나 그들의 마음에는 보람과 행복보다는 불만과 절망이 들어찼던 것 같다. 그 불만과 절망은 새인이에게 저주와 폭력으로 돌아갔다. 그들의 손에는 북채,

소파 다리, 구두, 강화유리, 책 같은 것들이 들려 있었고 그것들은 자기의 역할이 아닌 새인이의 온몸에 상처를 입히는 데 쓰였다.

컴퍼스에 찍힌 어깨에서 솟는 빨간 피를 보면서, 촛불을 손으로 끄라고 강요받던 순간 손끝이 타들어 가는 듯한 고통에서, 추운 겨울 발가벗겨진 채 쫓겨난 마당에서 자신에게 끼얹어지는 찬물을 온몸으로 느끼면서, 한밤중에 차에 태워 몇 시간을 달려 도착한 산길에 내던지고 그대로 자신을 버리고 떠나는 엄마라는 사람의 뒷모습을 보면서 새인이는 죽고 싶다는 생각 외에 다른 어떤 생각을 할 수 있었을까. 부모에게 받은 사랑과 세상에 대한 신뢰를 바탕으로 자기의 모습을 그려 가야 할 나이에 너무 큰 아픔을 겪은 새인이의 마음을 상상하면 무어라 말을 붙일 수 없어 눈을 감는 것 말고는 할 수 있는 게 없었다.

지금은 분위기가 많이 달라지긴 했지만 예전에

학교라는 곳은 이렇게 마음이 힘든 친구들을 마치 폭탄처럼 여기곤 했다. 학교에 계속 나오다가 혹여나 교실에서 손목을 긋거나, 어디서 뛰어내리기라도 하면 학교는 그야말로 쑥대밭이 되니까 차라리 학교를 그만둬 주거나 다른 곳으로 전학이라도 가 주길 바라기도 했다.

그럼에도 불구하고 자신의 몸에 상처를 내 가면서까지, 그저 살고 싶어 하는 새인이를 그대로 둘 순 없었다. 다행히도 그때의 교장, 교감 선생님과 상담 선생님, 새인이의 담임선생님 그리고 나까지 마음이 비슷했다. 이 아이를 학교 밖으로 내몰면 결국 기다리는 건 외로운 죽음뿐일 거라는 생각. 다시 생각하면 학교는 최소한의 울타리가 되어 줄 수 있었다. 학교 예산으로 병원 상담료나 약물 치료 비용을 지원해 줄 수 있었고, 지속적으로 전문적인 상담을 받게 해 줄 수 있었으며, 여러 가지 방법을 통해 출석 처리를 도와서 새인이가 학생 신분을 유지할 수 있게 도왔다. 지금의 교육 제도상 학생이어야, 학교의 도움을 받을 수 있으니까 말이다.

입원 치료도 받고 약도 계속 먹었지만 새인이 상태가 눈에 띄게 좋아지지는 않았다. 가끔 한번에 약 여러 알을 먹기도 하고, 팔뚝에 상처를 내기도 했으며, 학교에 수시로 빠지기도 했다. 하지만 우리는 계속 새인이를 붙잡았고, 지내던 시설을 다른 곳으로 옮기도록 도왔다. 새로운 시설에서의 생활이 그나마 괜찮았는지 새인이는 조금씩 안정을 유지하는 시간이 길어지는 듯했다. 그렇게 고등학교 2학년 시절이 그럭저럭 흘러갔는데 새인이가 3학년에 올라가던 해, 나는 자동차로 두 시간쯤 가야 하는 곳의 다른 학교로 발령이 났다.

정든 학교를 떠나야 하는 아쉬움도 있었지만, 혹시나 나와 전혀 다른 생각을 하는 선생님이 학생부장이 되어 새인이를 만나고 운 나쁘게도 지금까지 받던 지원과 지지를 받지 못하게 되면 어쩌나 걱정이 많이 되었다. 부모나 선생님만큼이나 아이를 키우는 것이 시간이라고 생각하는 편이지만 이 아이는 자라는 동안을 묵묵히 지탱해 줄 부모가 없으니까. 그 생각은 새인이의 졸업식에까지 이르렀다.

우리가 함께 있던 그 학교는 졸업식에서 300명이 넘는 졸업생 하나하나에게 다 개별적으로 졸업장을 수여했다. 학생이 졸업장을 받으러 무대로 올라오는 동안 음악을 틀어 주고, 사진을 띄워 주고, 친구들에게 보내는 말이나 자신의 미래에 대한 각오 같은 것들을 보여 주면서 모두를 주인공으로 만들어 주는 것이다. 그 졸업식에, 새인이는 축하해 주러 오는 어른이 한 명도 없는 것이다. 평생에 한 번뿐인 고등학교 졸업식에.

"새인아. 이번에 다른 학교로 가게 돼서, 너 3학년 때는 같이 지낼 수가 없게 됐어. 미안해서 어쩌지?"

"괜찮아요. 쌤들은 그렇게 옮겨 다니셔야 되잖아

요. 알아요.”

“그래도 뭐 쌤이 이민 가는 거 아니잖아. 카톡도 있고 인스타도 있고. 서로 게시물 올린 거 보면 서리감은 별로 없을 거 같은데? 그치?”

“그렇죠. 네.”

“그리고 올해 대학 입시도 치러야 하고, 널 괴롭히던 문제들도 여전하긴 하겠다만 그거 다 이겨 내고 무사히 졸업하게 되면…….”

“네.”

“쌤이 졸업식 날 하루 아빠 해 주러 올게. 다른 애들은 쌤이 1년 만에 나타나면 다들 자기 축하해 주러 온 걸로 착각하겠지만, 너 무대 올라갈 때 쌤이 너한테만 꽃다발 줄게. 그러니까 그거 생각하면서라도 한 해 잘 버텨 보자. 알았지?”

“크크크. 알았어요.”

그해 나도 새로운 학교와 사람들에게 적응하느라

꽤 애를 먹었지만 새인이 역시 그랬다. 과거의 상처가 때때로 불쑥 살아나 지금의 새인이를 괴롭혔다. 좋아했던 그림 그리기도 취미와 입시 사이에서 방황하다가 그만두고 말았다. 건너 건너 소식이 전해지면 가끔 온라인으로 위로를 건넸지만 직접 얼굴을 보고 말하는 것보다는 못했다. 하지만 시간은 무심하게 흘렀고, 졸업식 날이 다가왔다.

원래 내 것이었지만 이제는 남의 것이 되어 버린 어색한 공간에서 날 기억하고 반기는 아이들과 사진을 찍으며 새인이 차례를 기다렸다. 나만 왔을 거라고 생각했던 것과는 달리, 자립 준비 청년을 돕는 단체의 전담 선생님도 오셔서 꽃다발을 건넬 준비를 하고 계셨다. 어쨌든 내가 이날은 하루 아빠니까, 드디어 졸업장을 받고 내려오는 새인이에게 첫 번째로 꽃다발을 건네며 한번 꽉 안아 주었다. 나중에서야 들은 말이지만, 졸업식에 올 사람이 마땅치 않은 자기에게 '하루 아빠'가 되어 준다고 한 말에

울음을 몇 번 삼켰다고 한다. 항상 부모님이 오셔야 하는 자리가 있을 때마다 숨겨 놓은 외로움을 마주해야 하는 자신에게 그 말이 알 수 없는 슬픔이자 기쁨이었다고. 그리고 꽤나 안심이 되었다고.

국어 선생님으로서의 고질병을 버리지 못하고 졸업 선물로 책과 편지를 준비해 갔는데 새인이도 내게 책 한 권을 선물로 주었다. 이 건방진 제자 녀석은 왜 자꾸 제 선생을 추월해 가는지. 새인이는 열아홉, 청소년이라는 이름 대신 자립 준비 청년이라는 이름을 달기 한 발짝 전에 그 책을 썼다. 자신의 끔찍하고 슬펐던 시절을 숨기는 대신 담담하게 고백한 그 책의 제목은《숨지 않아야 트이는 길》이었다.

졸업식 날 건넨 편지에 나는 '꺾일 것 같을 때 기적처럼 나를 받쳐 주는 존재가 있다는 걸 삶의 경험으로 확인할 수밖에 없다. 딸아.'라고 썼다. '너는 내게도, 네가 만날 누군가에게도 언제나 변함없이 참으로 귀한 사람이다. 더할 것 없이 외로운 세상, 나무처럼 초연하고 의연하게 살아가길 진심으로 응원한다.'는 말과 함께.

끊어질 듯 끊어질 듯 힘겹게 이어져 온 새인이의 살고자 하는 마음을 지탱했던 것은 무엇이었을까. 본인에 따르면 누군가의 따뜻함이었다고 했다. 그 작은 따뜻함들이 모여 새인이는 자신의 경험을 세상에 드러내 보일 수 있었고, 자신이 도움받은 것처럼 도움이 필요한 누군가에게 자신의 경험이 힘이 되어 주길 바란다는 응원을 할 수 있는 사람이 되었다.

고등학교를 졸업한 뒤 대학에서 사회복지를 공부하고 있는 새인이에게는 여전히 해결되지 못한 문제들이 많다. 스무 살이 된 2월에 새로 지내게 될 집으로 이사하는 날 내가 쌀과 반찬거리, 생필품을 좀 가져다주며 말했다. 너무 혼자 속 끓이지 말고, 세상과 주변 사람들을 조금 더 믿어도 된다고. 신

세 좀 져도 된다고. 내가 그랬던 것처럼 너도 기꺼이 그렇게 살면 좋겠다고. 현관에서 날 배웅하는 새인이를 보면서 괜한 말을 했다고 생각했다. 새인이가 쓴 책에 이미 다 담겨 있는 말인 것을. 상처와 함께 꿋꿋하게 살아가고 있는 새인이의 삶 자체가 희망의 증거인 것을.

갈팡질팡해도
결국 앞으로 가는 중

내가 교사로 첫 발령을 받았던 곳은 작은 특성화 고등학교였다. 9월에 발령을 받아 한 학기를 지내고 이듬해 3월, 대망의 생애 첫 담임을 맡게 되었다. 2012년 3월 2일 교실에 첫발을 내디딘 순간, 자동차 정비를 전공하게 될 열일곱 살 남학생 스물다섯 명이 교실을 꽉 채우고 앉아 있었다.

어딘가 어수룩하고 조금은 꾀죄죄해 보이는 다른 아이들과는 달리 혁이는 얼굴부터도 하얗고 외모도 단정했다. 아이들과 같이 공을 차는 걸 봐도 운동 능력이 뛰어났고 승부욕, 성취욕도 두드러졌다. 우리 반 스물다섯 명 중에 유일하게 필통이란 물건을 가지고 다니는 점, 수업 시작 전에 미리 교과서를 펴 놓고 기다리고 있던 점 등을 살펴보면서 분명히 이 아이는 인문계고등학교를 갈 건데 집안 형편이 어려워서 특성화고를 졸업하고 일찍부터 돈을 벌겠다고 마음먹은 효자라는 시나리오를 혼자서 쓰곤 했다.

그런 기대와 달리 혁이는 오히려 학교에 나오는 날이 점점 줄어 갔다. 일거리를 찾아 전국을 떠도는 아버지와는 연락이 잘 되지 않았고, 된다 하더라도 집에 있지 않으니 아이를 찾으러 갈 수도 없어서 별로 도움이 될 것도 없었다. 학교를 빠지고 특별히 다른 일을 하는 것도 아니었다. 수업이 비는 시간에 혁이를 찾아서 만나 보면, 학교 근처 바닷가를 걷거나, 잔디밭에 누워 있거나, 벤치에 앉아 멍때리는 일이 대부분이었다.

그때 나는 무엇이 혁이를 그렇게 만드는지, 왜 학교 입구에만 들어서도 숨이 막히고 답답하다고 하는지를 도무지 알기 어려웠다. 다른 아이들처럼 제

때든 아니든 일단 학교에 오지 않는 것이 불만스러웠고, 마땅히 교사로서 해야 하는 내 잔소리와 닦달에 응하지 않는 것이 야속했다. 행동 이면에 숨은 이유를 품어 주지 못한 내 옹졸한 마음만큼이나 학교의 규정이라는 것도 참 각박해서, 혁이는 한 학기를 채 다 채우지 못하고 학교를 떠나야 했다.

지금 생각해 보면, 이유가 없는 것도 충분히 이유가 될 수 있다. 집안 환경이 특별히 어려운 것도 아니고 부모님도 멀쩡하게 계시고 친구 관계나 학교에도 아무런 문제가 없지만 학교에 나오기 싫을 수 있다. 조금 과학적으로 이야기하면 그때는 언어와 이성적인 판단을 담당하는 뇌의 전두엽이 재구조화되는 시기이면서 호르몬 체계가 빅뱅을 함께 일으키니 자기 마음과 생각을 합리적으로 이해하고 설명하기 힘든 시기이기 때문이다. 이런 걸 사춘기라고도 부르지만 나는 '내 마음 너도 모르고 나도 몰라기'라고 부르기도 한다. 이 시기는 그저 살아가고 있는 틀에서 너무 멀리 벗어나지만 않도록 잡아 주고 지켜봐 주고 기다려 주는 게 최고다. 억지로 통제하거나 압박을 가하려고 하면 딱 그만큼 반작용으로 멀어지게 마련이니까. 이런 걸 아이들은 이렇게 표현하곤 한다.

"아, 내가 알아서 할게요. 그냥 놔둬요, 쫌!"

언젠가 학교에 다시 다니고 싶은 마음이 생겼을 때 돌아올 수 있도록 학교에서 해 줄 수 있는 최소한의 방법은 퇴학 대신 자퇴를 권하는 일이었다. 툭 스치기만 해도 먼지가 풀풀 일어날 것 같은 작업복을 입고 온 아버지와 함께 혁이가 오랜만에 교무실로 들어섰다. 잠깐의 망설임도 없이 자퇴서에 서명하고 집으로 돌아가는 혁이를 복도에 굳이 불러 세운 나는, 나와 띠동갑인 고작 열일곱 먹은 소년에게

“잘 지내고, 우리 언제 밖에서 소주 한잔하자.”는 말을 명함처럼 건넸다. 내가 미처 알지 못한 그의 사언에 대해 술의 힘이라도 빌려 너 깊이 알고 싶은 마음에서였을까. 혹은 혁이의 마음을 정확히 설명하지 못하는 나의 부끄러움을 술로 지우고 싶어서였을까.

친구 영수를 통해 혁이의 근황은 계속 전해 들었다. 한 학기를 좀 넘게 쉬다가 한 살 어린 친구들과 신입생으로 같이 인문계고등학교인 K고에 입학했다는 것. 거기서도 한 학기만 다니고 가출해서 경기도 어디론가 훌쩍 떠나 버렸다는 것도. 그렇게 멀어지는 서로의 거리만큼 혁이에 대한 기억도 차차 흐릿해지고 있었다.

그러던 어느 늦여름의 금요일 밤 10시쯤 낯선 번호로 전화가 왔다. 혁이였다. 돈을 벌어 보기 위해 가출했는데, 노래방 웨이터도 해 보고 배달도 해 봤지만 가출한 고등학생이 타지에서 할 수 있는 일은 참 없더란 이야기와 알음알음으로 핸드폰을 파는 가게에 취직했지만 판매를 위해 외워야 할 게 많은데 못 외워서 맨날 혼난다며 역시 자기는 공부 머리가 아니라는 이야기들이 오갔다. 지금은 핸드폰 가게에서 같이 일하는 형의 자취방인데 잠도 안 오고 배도 고파서 서럽던 와중에 선생님이 "다음에 소주 한잔하자."고 했던 말이 떠올라 부끄럽지만 용기 내서 전화를 걸었다고 했다. 두고 온 사람들과 보이지 않는 자신의 미래를 떠올리며 혁이가 썼다는 서툰 시도 들었다. 전화를 끊고 배고프다는 혁이 말이 마음에 걸려 3만 원인지 5만 원인지를 보내 주었던 기억도 이제는 가물가물하다.

언젠가 밖에서 만나 소주를 한잔하자던 약속은 2, 3년 후쯤 이루어졌다. 그날도 불쑥 전화가 왔다. 한결같이 갑작스러운 녀석이었다. 차로 세 시간도 넘게 걸릴 거리를 또 다른 친구 경진이와 오토바이를 타고 왔다고 했다. 내 우려와 달리 짧은 가출 후 집으로 돌아간 혁이는 아무래도 제대로 된 밥벌이를 하자면 최소한 고등학교는 졸업해야 될 것 같다는 생각이 들었단다. 그래서 돌아간 이후로는 출결에 신경을 쓰면서 그럭저럭 다녔고 졸업도 무사히 한 것이다.

주변에선 대학에들 간다지만 공부에는 취미가 없고, 몸 건강하고 운동도 좋아하니 직업군인이 되겠다는 생각으로 자원해서 입대했다. 학교에서는 그렇게나 튀어 나가려고 했던 녀석이 이곳저곳을 돌아 결국 이르게 된 곳이 탈출이 법적으로 금지된 국방부라니 다행이었다. 잔뜩 취해서 서툰 경례를 붙이고 돌아가는 스무 살의 뒷모습이 여느 아이들보다는 좀 무거워 보였지만 스스로 선택한 길이니 꿋꿋하게 걸어가리라 생각했다.

혁이는 공수특전부사관이 되었다. 특수부대에서 근무하는 직업군인이라고 생각하면 된다. 사회와

군대라는 참 다른 집단 사이에서 오는 거리감을 줄이기는 힘들었지만 우리의 연락은 꾸준히 이어졌다. 자리를 비운 부모님 대신 그 역할을 대신해 주었던 혁이 할아버지가 돌아가셨다는 소식과 어머니 없이 자라 이제 유일한 혈육이 된 아버지도 뒤이어 돌아가셨다는 황망한 소식도 전해졌다. 하지만 선생님이 멀리 있어 함께해 주지 못한다는 미안함보다 해외 파병까지 가서 사막의 모래바람을 맞으며 단련된 혁이의 굳은 마음이 무너지지 않았다는 것에 대한 감사함이 앞섰다.

그렇게 또 몇 년이 흘러, 파병에서 복귀했다는 안부 인사와 함께 혁이는 모바일 청첩장을 카톡으로 보내왔다. 편도 세 시간이 넘는 거리였지만 집안 어른들도 몇 분 안 계실 썰렁한 분위기가 되면 어쩌나 싶어 꼭 가겠노라는 말을 남기고는 결혼식 당일 온 가족을 이끌고 식장으로 향했다.

결혼식에서나 입을 수 있는 검은색 육군 부사관

정복을 입은 혁이는 그 누구보다 멋있었다. 친구들의 짓궂은 장난에 땀을 뻘뻘 흘리면서도 연신 싱글벙글 웃는 혁이의 얼굴에서는 지난날을 메웠던 고민과 방황의 흔적을 하나도 찾아볼 수 없었다. 중고등학교 때는 할 수 있는 일과 하고 싶은 일을 찾지 못해 방황한 시간도 있었지만 각종 아르바이트와 사회 경험, 해외 파병을 비롯한 군복무 경험을 거치며 누구에게도 의지하지 않고 자기 손으로 삶을 꾸려 갈 수 있는 사람이 된 것이다. 그제서야 비로소 나도 스물아홉의 내가 떠나보내지 못했던 학생 하나를 시원하게 보내 줄 수 있었다.

내가 지금 만나는 청소년들에게 자신의 삶을 이끌어 갈 꿈이 뭐냐고 물으면 특정한 직업을 거론하는 것 외에는 꿈이 없는 아이들이 참 많다. 그러나 그게 뭐 어떤가. 길고 긴 100년, 어쩌면 더 길어질지도 모르는 인생에서 초반에 꿈을 찾아야만 한다는 것은 어찌 보면 폭력에 가까운 요구일지도 모른다. 고작 초중고 12년의 과정에서 그런 꿈을 찾았다면 굉장한 행운이거나, 어딘가 혹은 누군가로부터 꿈을 주입당한 것인지도 모른다.

그러니 빨리 꿈을 찾아야 한다는 압박에서 벗어나 그 시간을 자신에 대해 여유 있게 알아 가는 데 쓰자. 그 방법은 반드시 학교 안에 있지만은 않다. 지금 당장 꿈이 없어도 괜찮다. 삶을 지속하다 보면 기회는 곳곳에 있으니 내킬 때, 잡을 마음이 생길 때 잡아도 충분하기 때문이다.

이제는 지금 당장 아무것도 하기 싫어한다고 해서, 진득하게 뭐 하나를 파고들지 못하고 여기저기 헤맨다고 해서, 결코 그의 인생이 길을 잃었다고 생각하지 않는다. 갈팡질팡해도 결국 앞으로 걸어가는 중이라는 걸, 혁이의 인생을 통해서 배웠기 때문이다.

눈에 안 보인다고
없는 게 아닌 거야

“알겠나? 그러니까 윤동주의 〈아우의 인상화〉에서 ‘너는 커서 무엇이 될꼬?’ 하고 행님이 물어봤다 아이가. 그래가 동생이 ‘사람이 되지.’라고 했을 때 행님이 서러웠던 이유가 뭐라꼬? 원희 니가 함 말해 봐라.”

“일제강점기에 사람답게 사는 기 억수로 힘들다는 걸 알기 때문에요.”

“그렇지, 그렇지. 말 잘했다. 그라믄 원희 니는 커서 뭐 될끼고?”

“법대 나와가 판검사 할 낀데요.”

“판검사? 와?”

“그거 하면 돈도 많이 벌고 높은 사람 되고 폼 난

다 아입니까."

　원희는 공부를 꽤 하는 편이었다. 중학교 때 공부 좀 했다는 아이들이 모인 외국어고등학교에 다니면서도 늘 전교 1, 2등을 다투는 정도였다. 선생님이 물었을 때 판검사가 되면 폼 난다면서 너스레를 떨었지만 사실 그건 엄마 아빠가 할머니 몰래 문을 닫아 놓고 싸울 때 문틈으로 흘러나오던 말들에 대해 할머니와 나눈 이야기에서 시작된 꿈이었다.

　할머니는 우리가 이렇게 자주 이사를 다니는 것도, 네 집이 화장실을 공유해야 하는 낡은 집에 사는 것도 모두 네가 공부를 열심히 해서 판검사가 되면 다 해결되는 일이라고 했다. 원희는 할머니 말을 철석같이 믿었다. 그렇게만 되면 가끔 엄마 팔뚝에 보이는 남자 어른 주먹 크기의 시퍼렇고 커다란 멍도 자연스레 없어질 거라고 생각했다.

　원희는 공부가 그리 어렵지 않았다. 하는 만큼 성적이 오르니 오히려 신나는 일이기도 했다. 수능에서 몇 가지 실수를 하는 바람에 평소 모의고사 성적보다 조금 낮게 나왔지만 흔히 SKY라고 부르는 대학의 최상위권 학과 몇 개를 제외하고는 어디든 진학할 만한 점수를 받았다. 이제 고향을 떠나 서울로 가서 뭘 하고 놀지, 어떤 학과를 고를지, 동아리는 어떤 걸 들지, 여자 친구는 어떤 타입이 좋을지 멋대로 상상하는 행복한 일주일이 원희를 스쳐 갔다.

오전 시간만 학교에서 보낸 뒤 집으로 돌아와 컴퓨터 게임을 하고 있던 한가한 오후였다. 원희 방 창문 밖에서 트럭이 멈추는 소리에 이어 남자들이 웅성거리는 소리가 나더니 누군가 곧 현관문을 쾅쾅 두드리기 시작했다.

"계세요? 법원에서 강제 집행 나왔습니다. 문 여세요, 문."

문을 열고 우두망찰하게 서 있는 원희가 정신을 차릴 틈도 없이 건장한 성인 남자 대여섯이 집 안으로 우르르 들이닥쳤다. 그중 대장처럼 보이는 한 남자가 원희에게 말을 걸었다.

"부모님 어디 가셨노? 집에 안 계시나?"

원희가 무어라고 대답하기도 전에 그가 말을 이었다.

"안 계신가베. 쯧쯧쯧. 하이튼 아저씨들 바쁘이까네, 자세한 얘기는 너거 부모님한테 들어라이. 자, 들어가입시다!"

아저씨 말이 끝나기가 무섭게 남자들은 가구, 가전, 옷가지 할 것 없이 살뜰하게 들어내고 지금 당장 옮기기 어려운 것에는 오늘 날짜와 정체 모를 도장이 찍힌 빨간색 스티커를 붙여 두고 돌아갔다. 빨간딱지 붙은 거는 함부로 만지지 말라는 말도 함께 남긴 채.

그 와중에도 우리 손자 공부는 하게 해 달라며 할머니가 사정사정해서 남게 된 고물 컴퓨터 한 대와 밥은 먹어야 할 것 아니냐며 선심 쓰듯 남기고 간 열한 살 된 냉장고. 아직은 우리 것이라고 말할 수 있는 가전 두 개를 보며 망연히 주저앉은 할머니를 뒤로하고 원희는 집 밖으로 향하는 계단을 터덜터 덜 걸어 내려갔다. 차가운 11월의 공기가 일부러 들 이마시려 하지 않아도 폐 속 깊숙한 곳까지 찔러 들 어왔다. 원희는 핸드폰을 꺼내 아빠에게 전화를 걸 었다. 신호는 가지만 받지 않았다. 곧바로 엄마에 게 전화를 걸었다. 역시 받지 않았다. 엄마 아빠만 믿으라던 말도, 너는 아무 생각 말고 공부만 열심 히 하라던 말도 원희의 한숨과 함께 허공으로 흩어 졌다. 꿈도 희망도 모두 망한 왕조의 유물처럼 변해 버린 세상에 홀로 떨어진 것 같았다.

문득 올려다본 하늘은 유난히도 높고 파랬다. 불 어오던 바람이 이미 잎을 다 떨어뜨려 앙상하게 말 라 버린 가지를 흔들고 있었다. 그 순간 원희 머릿 속에 수능 문학 문제집에서 읽었던 시 한 편이 스쳐 갔다. 김남조 시인의 〈설일雪日〉이었다. '머리채 긴 바람들은 투명한 빨래처럼 진종일 가지 끝에 걸려

나무도 바람도 혼자가 아닌 게 된다.'는 시구를 입 속으로 중얼거리며 원희는 저도 모르게 피식 웃고 말았다.

'눈에 안 보인다고 없는 게 아니랬지, 참.'

오늘 일이 벌어질 줄 알았으면서도 원희와 할머 니만 남겨 둔 채 도망가 버린 부모님을 원망하는 마 음과 꿈꿔 오던 대학 생활이 날아가 버린 아쉬움으 로 인한 상처 사이로 우선 살아남아야겠다는 마음 이 슬며시 배어났다. 원희는 집으로 가는 대신 어머 니가 적십자 단체에서 높은 자리에 계시다던 초등 학교 동창 집으로 향했다. 그렇게 그달부터 매달 쌀 20킬로그램과 라면 한 상자를 지원받기로 했다. 자 존심보다는 당장 닥칠 배고픔을 해결하는 게 더 급 했다.

학교에서도 한바탕 난리가 났다. 당당하게 SKY 에 들어가서 학교 정문에 플래카드를 걸어야 될 녀 석이 난데없이 집안이 망했다며 대학을 안 가겠다고 고집을 피우니 말이다. 원희에게 다른 설득은 통하지 않았다. 다만 담임선생님이 입학 원서 두 장을 내밀며 '원희야, 사범대를 졸업하면 빨리 선생님이 될 수 있고 그러면 니가 집을 건사할 수 있다 아이가. 니 성적이면 장학금도 받을 수 있다. 그라니까 쌤 말 딱 듣고 여기 가라. 알겠제?'라고 하신 말씀 하나 빼고는 말이다.

그렇게 원희는 지방의 한 국립대학교 사범대학 국어교육과에 입학했다. 2, 3일쯤 지나 열린 신입생 환영회 자리였다. 갓 대학생이 되어 한껏 들뜬 아이들은 어느 고등학교를 나왔는지, 어느 동네에 사는지, 수능 성적이 어땠는지를 마구 떠들었다.

"야, 원희 니 엊그제 입학식에 할머니랑 둘이 왔데? 부모님 바쁘시나?"

"요새 누가 엄마랑 입학식 오노. 마마보이가?"

"엄마 죽었다."

"어?"

"우리 엄마 죽었다고, 이 새끼야."

집 안 곳곳에 빨간딱지가 붙은 이후로 원희는 엄마 얼굴을 보지 못했다. 엄마도 원희도 요금을 제때 내지 못해 핸드폰을 쓰지 못했고 그래서 연락이 끊긴 지도 꽤 되었다. 수업을 마치자마자 과외로 학원으로 아르바이트를 하러 다니느라 친구들과 놀러 한번 가지 못하는 대학 생활, 새벽 1시에 일을 마치고 택시비 8,000원을 아끼기 위해 세 시간씩 걸어서 집에 가던 길, 매달 3, 4백만 원씩 돈을 벌어 차비와 식비를 제외한 나머지 돈을 몽땅 빚을 갚는 데 써도 밑 빠진 독에 물 붓기처럼 도무지 끝이 보이지 않는 생활이 이어졌다. 사람이 적응의 동물이라는 걸 증명하듯 원희는 그 생활에 그럭저럭 익숙해졌다. 그러나 원희는 여기 머물지 않고 바득바득 기어올라서 언젠간 평범한 일상을 반드시 회복하리라는 마음으로 늘 이를 악물고 살았다.

그렇게 2년쯤 지난 어느 날, 원희는 월세 8만 원
짜리 반지하 자취방으로 들어가 지친 몸으로 조별
과제 리포트를 쓰기 위해 컴퓨터를 켰다. 조원들에
게 온 과제물을 확인하려고 이메일에 접속했는데
제일 위에 낯선 발신자로부터 온 편지가 하나 깜빡
거렸다. 별생각 없이 편지를 열었다.

워ㄴ흐ㅣ야 미안 하 다.

발신자가 적혀 있지 않았지만, 발신자가 누군지
너무도 정확히 알 것 같았다. 아침과 새벽을 가리지
않고 울려 대던 빚 독촉 전화에도, 1,500원으로 한
끼를 때우려고 왕뚜껑 컵라면에 안성탕면을 하나
통째로 넣어 퉁퉁 불려 먹던 때도 터지지 않던 눈물
이 끅끅 쏟아졌다. 수십 번 걸려 온 모르는 번호였
지만 누군지 알 것 같았고 그 짐작이 정확했던, 그
리고 2년 가까이 결코 받지 않았지만 저절로 외워

져 버린 번호로 전화를 걸어, 두 사람은 결국 다시 만나게 되었다.

집을 나간 지 얼마 되지 않아 엄마는 가스 밸브를 열어 놓고 세상살이를 마감하려 했지만 아들 얼굴이 눈에 밟혀서 딱 한 번만 얼굴을 보고 싶었다고 한다. 하지만 이 아들놈이 도통 전화를 받지 않으니 내일 한 번만 더, 또 내일 한 번만 더가 이어졌고 결국은 분이 가라앉아 자신을 위해서도 아들의 장래를 위해서도 다시 살아 봐야 되지 않겠냐고 생각했단다. 스스로 세상을 마감한 엄마의 아들로 살게 할 순 없으니까. 그래서 재개발로 다 쓰러져 가던 동네 한구석, 테이블 세 개쯤 놓일 법한 조그만 공간에서 국숫집을 열 준비를 하고 있었던 거다.

"잘 지냈나."

"뭐 그냥…… 그럭저럭."

"엄마가 너무 미아……."

"아 뭐 어? 고마 됐어요. 그 뭐 국숫집 한다매. 새로 시작할라면 뭐도 좀 돌리고 해야 안 되나?”

“어. 안 그래도 쪼매난 냉장고 자석 같은 거 좀 맞춰 놨다.”

“……내일 내가 가께요. 친구 한 놈 데리고.”

한겨울의 칼바람을 견디며 냉장고 자석을 주택가 현관문에 붙이고 돌아와서 원희는 엄마가 삶아 낸 국수를 후루룩후루룩 국물까지 다 먹고 마셨다. 어릴 적 할머니는 엄마와 출신 지역이 달라서 음식이 맛이 없다고 부엌에 들어오지 못하게 했다. 그래서 원희는 엄마 음식이 맛이 없는 줄 알았는데 그런 게 아니었다. 새삼, 엄마를 참 잘 몰랐다는 생각을 하며 한마디를 식탁 위에 던졌다.

“쫌 하네.”

그 국숫집이 오래가진 않았지만 엄마는 요리에 재능이 있다는 걸 깨닫게 되었고 이후 큰 병원 조리실에서 솜씨를 마음껏 발휘하게 되었다. 다음에 또 보기로 약속하고 국숫집을 나오면서 원희는 그토록 엄마를 미워했던 지난 시간이 허탈하게 느껴졌다. 서로가 서로를 어떻게 생각할지 겁나서, 어떻게 미안하다고 또 힘들었다고 말해야 할지 몰라서 일부러 거리를 두던 세월도 그렇게나 아깝게 느껴졌다. 하지만 그 시간들을 무너지지 않고 버틸 수 있었던 힘, 서로 용서하고 화해할 수 있었던 힘은 역시 시와 소설을 읽던 시간들이었고, 마치 예방주사를 맞은 것처럼 마음속에 자리 잡고 있다가 그렇게나 아플 때 백신처럼 자신을 지켜 준 거라고 원희는 생각했다. 그러니 이제 어떤 아픔이 올 때 그때 속에서 발휘될 백신은 또 어떤 작품일까를 생각하면 두려울 것도 걱정될 것도 딱히 없었다.

주머니에 시린 손을 넣으니 손끝에 닿는 냉장고 자석 하나가 마음에 스스로 붙여 주는 반창고 같다고 생각하며 원희는 다음 아르바이트를 하러 가기 위해 가벼운 발걸음으로 버스에 올라탔다.

누군가 나의 미래를
상상하고 있다

수능을 막 치렀던 고등학교 3학년 말, 집안이 망해서 대학 진학은커녕 생계유지도 어려운 상황에 처했던 시절이었다. 공부를 잘하는 편이었지만 대학을 가는 대신 공장에 취직해 돈을 벌겠다고 학교에다 선언했던 날이었다. 당시 담임선생님은 꼬박 한 시간 동안 매질을 하시고는 입학 원서 두 장을 내밀었다. 한 장은 영어교육과, 한 장은 국어교육과 지원서였다. 사범대학을 졸업하고 교사가 되면 빠르게 집안에 보탬이 될 수 있을 거라는 설득에 넘어갔고 7, 8년 후에 그렇게 진짜 국어 교사가 되었다. 담임선생님 덕분이긴 하지만 아쉬운 것 두 가지만 꼽으라면 매질 대신 말로 해도 충분히 알아들을 수 있었다는 것, 그리고 사범대를 나와서 교사가 되려면 임용 시험에 합격해야만 한다는 걸 살짝 빼놓은 덕분에 대학에 다니는 동안 공부를 너무 안 했다는 것 정도.

다만, 담임선생님의 전공은 문학이었는데 제자를 국어교육과에 보냈다는 책임을 지겠다면서 내가 대학을 다니는 4년 동안의 전공책값(교양과목은 빼고)을 다 본인이 내주시겠다고 했다. 긴가민가했지만 입학하기 며칠 전에 10만 원을 통장으로 진짜 보내주시는 걸 보고 안심이 되었다. 총 8학기 동안 학기마다 10만 원씩을 받았다. 송금이 조금 늦으면 내가 뻔뻔하게도 전화를 걸어 독촉하기도 했다. 그 돈은 학교를 그만두고 싶을 때마다 나를 붙잡아 주는 끈이었고, 여전히 누군가가 나조차도 확신하지 못하는 나의 미래를 상상하고 있다는 희망이었다. 대학을 졸업하고 군대에 다녀온 이듬해 임용 시험에 합격했을 때, 강원도 교육감이 건네준 합격증을 들고 가장 먼저 찾아간 곳이 바로 선생님 댁이었다. 선약으로 다른 분들과 식사를 하고 계신 선생님 앞에 찾아가 긴바닥에서 큰절을 올렸디.

"선생님께서 포기하지 않고 붙잡아 주신 덕분에 제가 이제 이렇게 사람 구실 하면서 살게 되었습니다. 감사합니다."

선생님은 고개를 깊이 숙여 내 절을 받고는 곧장 나를 어디론가 데려가셨다. 신사복 종류가 쭉 걸려 있는 매장으로 들어가더니 분홍색 줄무늬 긴팔 셔츠와 파란색 줄무늬 반팔 셔츠를 한 벌씩 사 주셨다.

"학교 가는데 티 쪼가리 입지 말고 품위 있게 셔츠 입고 댕기라이."

15년이 된 그 셔츠는 목이 해지고 옷감도 얇아졌지만 여전히 내 옷장에 소중하게 걸려 있다.

대학 다닐 때 두루두루 존경받던 한 노老교수님은 퇴임식에서 '교사는 뱃사공이어야 한다.'고 했다. 이

쪽 언덕에서 학생들을 태워서 저쪽 언덕으로 무사히 건네주고 돌아오기만 하면, 그걸로 교사의 역할은 된 거라고, 그 이후의 삶에 관여해서는 안 된다고 말이다. 하지만 4년 내내 졸업한 제자에게 전공책값을 대 주던 담임선생님을 떠올리며 나는 뱃사공이 되긴 틀렸다고 생각했다. 한번 맺은 관계를 자신이 몸담고 있는 곳이 바뀐다고 해서 인위적으로 끊어 내는 것이 오히려 더 어색한 것만 같다. 돌려받을 것을 생각하지 않고 내가 주고 싶은 만큼 마음을 주고, 거기에 응답하는 친구들은 계속 같은 배를 타면 그만이다. 나는 그냥 배를 몰고 있을 뿐 태우는 사람이나 싣는 물건에 따라 화물선이 될 수도, 여객선이 될 수도 있는 거니까.

그렇게 한 해를 보내고 나서 마음 통하는 학생 한 명만 만나도 큰 행운이고 그해는 성공했다고 스스로를 다독인다. 때로는 그 수가 넘칠 때도 있고 어떨 땐 한 명도 없던 해도 있었다. 우연히 내가 모는

배에 올라탄 그들에게도 위급 상황에서 어떻게 해야 될지 물어볼 수 있는, 혹은 진짜 도움을 요청할 수 있는 인생의 선배 하나쯤 있어야 하지 않을까. 내가 누군가에게 돌려받을 생각 없이 무언가를 넘치게 주는 사람이 된다면 분명 고등학교 3학년 때 담임선생님으로부터 받은 마음이 여전히 따뜻하게 느껴지기 때문일 것이다.

나는 대학을 졸업한 다음에 군대를 갔고, 제대하고 나서 임용 시험 공부를 본격적으로 시작했다. 여러 사정이 있어서 경북 어느 시골에 있는 외할아버지 댁으로 내려가 아는 사람이 단 한 명도 없는 곳에서 임용 공부의 첫발을 뗐다.

친할머니의 유별난 성격 때문에 나는 어렸을 때 외갓집에 10년에 한 번이 될까 말까 싶게 잘 가 보지 못했다. 그때 공부를 하겠다고 찾아간 것도 거의 15년 만이었을 것이다. 그럼에도 할아버지는 나무가 새를 품는 데 아무것도 바라지 않는 것처럼 나를 말없이 받아 주셨다. 할아버지는 자식이 많았다. 원래 남매 여섯을 낳았는데 위의 둘은 어려서 병으로 먼저 세상을 떠나 남매 넷을 키웠고 그중 맏딸이 바로 우리 엄마다. 거기에 일찍 돌아가신 큰형님의 자식들 남매 다섯도 거두어 길렀다. 그렇게 평생에 걸쳐 아홉 명의 자식을 기르고, 가르치고, 시집 장가를 보낸 다음에 찾아온 나마저 그렇게 기꺼이 거두어 준 것이다.

할아버지는 평생 참외 농사를 지었다. 참외는 덩굴식물이기 때문에 그걸 돌보려면 흙바닥을 거의 기다시피 해야 한다. 여름에는 비닐하우스 안의 수은주가 거의 50도에 가깝게 올라간다. 공부하는 게 지겨워서 농사일이나 거들어 볼까 하고 들어갔다가 10분 만에 도망쳐 나왔던 기억이 생생하다. 시원한 도서관에 앉아서 공부하는 일이 그렇게 쉽고 편안한 일일 줄이야. 겨울에 눈이 많이 오면 비닐하우스를 지탱하는 철골이 휘기 때문에 밤에도 수시로 나가서 눈을 털어 내야 한다. 참외 모종이 얼어 죽을까 봐 저녁에 비닐하우스 위에 거적을 덮어야 하고 낮엔 햇볕을 받아야 하니 새벽에 그걸 또 걷어 내야 한다.

그 일을 평생 하면서도 할아버지는 자식들 앞에서 불평을 한 적이 단 한번도 없다고 한다. 오히려 아침부터 저녁까지 가만히 앉아서 공부만 하는 손자가 훨씬 힘들어 보인다고 했다. 새참 대신 낮에 할머니 몰래 찬장에 숨겨 놓은 담금주용 소주를 한 대접 들이켜고는 다시 밭으로 나갔고, 저녁에 흙투성이가 되어 들어와서는 참외를 돌볼 때와 마찬가지로 바닥에 납작 엎드리신 채로 책을 읽었다. 어떻게 인간의 어머니인 땅을 사고팔 수 있냐며 백인들에게 경종을 울렸던 인디언 추장의 말을 담은 책이었다. 그렇게 몇 장 책을 읽고 나면 하루를 감사하는 기도를 올리곤 잠자리에 드셨다.

할아버지 댁에 살던 1년 반 동안 먹을 것과 잠자리, 옷가지와 용돈까지 필요한 모든 걸 내주면서도 할아버지는 내게 어떤 선생님이 되라고, 어떻게 살아야 한다고 단 한번도 말씀하신 적이 없다. 다만 사람을 품는다는 것은 아무런 조건이 없어야 한다는 것, 살아가는 데 결코 많은 물건이 필요하지 않다는 것을 삶으로 실천하며 보여 주셨을 뿐이다. 더 많은 것을 가지라고, 내가 살기 위해 남을 밟고 일어서야 한다고 끊임없이 종용받고, 종용해야 하는 사회에서 그래도 내가 선생님으로 어떻게 살아가는 것이 옳은 길인가를 계속 고민하는 것은 전적으로 우리 할아버지 덕분이다.

할아버지의 지원 덕분에 공부한 지 1년 반 만에 나는 임용 시험에 합격해 강원도의 한 특성화고등학교로 발령을 받았다. 합격만 하면 그곳이 강원도건, 특성화고등학교건 아무런 상관이 없을 거라고 생각했지만 역시 현실은 생각을 아득히 뛰어넘는 것이었다. 첫 발령을 받은 학교에서 내가 만난 아이들이 저지른 범죄만 해도 절도, 방화, 주거침입, 강도, 강간 등이었고 오토바이를 타다가 죽는 아이도 매년 꼭 한두 명씩 있었다. 아주 어릴 때부터 공부와는 담을 쌓았고 집안 형편도 좋지 않아서 그 학교에 진학했다는 건, 부모님도 지역 사회도 친구들도 심지어는 본인조차도 자신의 인생은 이제 막장이라고 생각한다는 뜻이었다.

하지만 내가 첫 담임을 맡은 아이들은 지금까지의 삶이야 어쨌건 앞으로 자신의 밥벌이 정도는 스스로 할 수 있는 사람으로 만들어 주고 싶었다. 자동차 수리를 전공하는 반이었기 때문에 관련 자격증이라도 따게 해 주기 위해서 반 전체를 억지로 야간에 남겨 수업을 진행했다. 매일 내 돈으로 컵라면을 사 먹여 가면서 때로는 좋은 말로 구슬려도 보고 때로는 윽박지르며 쥐어박기도 했다. 한 번에 필기 시험에 합격한 친구들도 있었지만 많게는 열두 번을 탈락한 친구도 있었다. 그렇게 세 해를 함께 보내고 우리는 헤어졌다.

재미있게도 2025년에 서른이 되는 그 친구들 스물다섯 명 중에 당시의 내 뜻대로 자동차 정비 일을 하는 친구는 단 두 명이다. 대신 아버지의 순두부 가게를 물려받은 친구, 중국집 요리사, 리조트 직원, 해양경찰, 특전부사관, 인테리어 업자 등 아주 다양한 직종으로 진출해 있다. 1년에 한 번은 꼭 만나서 밥도 먹고 소주도 마시는데 이 녀석들이 글쎄 "우리가 담임쌤을 잘 키웠다."며 너스레를 떤다. 까불지 말라면서 꿀밤 때리는 시늉을 하지만 사실 이 친구들이 없었더라면 나는 문제집이나 잘 풀어 주는 반쪽짜리 국어 교사로 남고 말았을 것이다.

내가 아무리 아이들에게 자격증을 따서 자동차 정비사가 되라고 말했어도 그 말대로 된 건 고작 두 명뿐인 것처럼, 내비게이션을 켜고 목적지를 찍듯 아이들을 끌고 나가는 것이 내 역할이 아니다. 삶은 자신의 것이며 그 삶을 끌고 나가는 것 역시 자신의 몫이다. 그 과정이 지치고 힘들 때, 뜻대로 풀리지 않을 때 다시 자신을 믿을 수 있게 응원해 주고 격려해 주는 일을 해야 하는 사람이라는 깨달음, 그것이 교사로서 내 나머지 반쪽을 채워 주었다고 믿는다. 그 깨달음 덕분에 나는 아침에 교복 대신 사복이나 체육복을 입고 오는 아이들에게 꾸중과 벌점을 날리는 대신 웃는 얼굴로 간밤의 사정을 먼저 물어볼 수 있는 여유를 갖게 된 것이다.

그래, 이제는 저게 인간이 될까 싶었던 나의 첫 제자들이 지금의 내가 될 수 있게 거꾸로 나를 잘 키웠다고 인정하지 않을 도리가 없다.

원희에게

안녕, 원희야!

아니, 이제 본명으로 불러도 되겠지. 열아홉 살 원재
야. 나는 마흔두 살 원재란다. 지금 강원도에 살아. 같
은 과목을 가르치는, 나이보다 많이 어려 보이는 예쁜
선생님하고 결혼도 했고, 딸 아들 하나씩 있어.

우리 집 아이들은 뭐가 그렇게나 궁금한지 말이 진
짜 많아. 걔네랑 있으면 말 상대를 해 주느라 귀에서
피가 날 것도 같고 입에서는 단내도 나는 것 같아. 아
이들이 아빠에게 가장 많이 하는 질문은 이런 거야.

“아빠, 초콜릿 하나만 먹으면 안 돼?”

“아빠, 지금 밖에 농구하러 가면 안 돼?”

“아빠, 누워서 누나랑 놀다가 조금만 더 있다가 사면 안 돼?”

그럼 나는 자연스럽게 “응. ‘안 돼.’니까 안 돼.” 하고 대답하곤 해. 아빠의 태도에서 무언가를 눈치챈 아이들은 금세 이렇게 바꿔서 물어보지.

“아빠, 초콜릿 하나만 먹어도 돼?”

“아빠, 지금 밖에 농구하러 가도 돼?”

“아빠, 누워서 누나랑 놀다가 조금만 더 있다가 자도 돼?”

“그럼! 우진아, 채원아, 그래도 되지. 대신에 초콜릿은 하나만. 농구는 한 시간만. 누나랑 더 노는 건 잠시만.”

　원희야, 아니 원재야, 너의 질문에 대한 세상의 대답은 정해져 있는 것 같아. '안 되지? 안 되겠지?'라고 묻는 말엔 똑같이 부정적인 대답이 나오기가 쉽고, '되지? 되겠지? 그렇지?'라고 묻는 말에는 똑같이 긍정적인 대답이 나오기가 쉬워. 너의 고민에 대해 어떤 답을 들을지 고르는 것은 이미 너의 질문 속에, 그러니까 삶을 대하는 너의 태도에 달려 있는 거라고, 오늘의 나는 생각해. 세상을 향해서 나는 된다고, 될 거라고 말하는 사람이었으면 좋겠다는 뜻이지. 지금과 같이 이제와 항상 영원히 말이야.

　한마디 더. 그리 길지 않은 삶이었지만 우린 죽을 고비를 두 번 넘겼어. 아! 너는 아직 한 번밖에 모르겠구나. 수학여행을 다녀오다가 겪은 교통사고. 불과 한 시간 전에 같이 점심을 먹었던 친구들이 세상을 떠날 때 너는 어떤 생각이 들었던가 기억하고 있는지 모르겠다.

스무 살이 된 이후로 난 여러 죽음을 경험했단다. 친한 친구의 어머니가, 지금 너와 함께 계신 우리 할머니 백복희 여사가, 시골에 계신 외할아버지가, 내가 선생님이 되어서 가르치고 담임을 맡았던 학생들이 앞서거니 뒤서거니 날 남겨 두고 세상을 떠났지.

두 번째 죽을 고비는 뭐였냐고?

2022년 핼러윈 때 우리 우진이, 채원이에게 아빠가 미국 본토의 핼러윈을 느끼게 해 주겠다며 이태원에 데려갔어. 우리가 하루 종일 재미나게 돌아다녔던 그 골목에서 빠져나오고 불과 한두 시간 뒤에 너무 많은 사람들이 그곳에 몰려들었고, 상상할 수 있는 것보다 훨씬 끔찍한 일이 벌어지고 말았지. 사고가 일어난 지 몇 년이 흘렀지만 많은 사람들이 아직도 그 시건으로 고통받고 있어.

시간은 절대로, 절대로, 절대로 뒤로 돌릴 수 없단

다. 지나고 나서 후회해 봐야 그건 후회하는 순간의 현재를 갉아먹는 아쉬움일 따름이지. 두 번의 죽을 고비와 나보다 앞서 떠나간 이들과의 시간을 생각해 보면 이 생生은 너무나도 짧지만 그래서 얼마나 더 찬란하고 빛나고 소중한 것인지가 마흔두 살의 내게 깊이 새겨져 버렸어. 그래서 지금의 나는 세상에게 늘 '그래도 되지?'라고 물으며 내가 하고 싶은 일들에 도전하려고 노력해. 그걸 잘하고, 못하고는 아무런 상관이 없어.

달리기가 느려서 중학교 때 럭비부에서 쫓겨난 네가 들으면 웃기는 일이겠다만, 나 3년 전에 사회인 야구를 시작했어. 지금도 달리기는 여전히 겁나게 느려. 땅볼을 치고 1루로 달려 나갈 때 워낙에 느리니까 사람들이 피식피식 웃어. 얼굴은 오만상을 쓰는데 다리는 왜 제자리에 있냐면서.
하지만 난 그 푸른 그라운드를 밟고 팀원들과 캐치

볼을 하는 것만으로도 너무너무 행복해. 그리고 처음으로 외야 플라이볼을 잡아냈던 그 왼손의 감촉, 첫 안타를 쳤을 때 방망이에 공이 맞던 느낌과 그 공이 뻗어 나가던 궤적이 몇 년이 지난 지금까지도 정말 생생해.

얼굴 없는 가수를 꿈꾸던 열여덟 살의 너처럼 아직도 난 노래 부르는 걸 좋아해. 그동안의 흡연과 십수 년째 해 오는 수업으로 목 상태는 완전히 맛이 갔지만. 그래서 어디 데뷔를 하거나 오디션을 볼 생각은 없고, 내 노래를 들으면서 즐거워하는 사람이 가장 많은 무대, 그러니까 내가 근무하는 학교의 축제 무대에 늘 올라가. 한 소절 춤을 따라 추려면 한 달은 연습해야 하고 가끔은 후렴에서 음 이탈이 생기기도 하지만 고등학생들이 내지르는 함성이 나를 하늘로 들어 올리는 것만 같은 그 느낌은 무대를 도저히 끊을 수 없게 만들지.

산다는 건, 이렇게 짜릿하고 행복한 점들이 모여 선을 이루고 그 선들이 겹쳐 한 면을 이루어 나가는 과정인 것 같아. 그렇게 우리의 삶은 입체적인 무언가가 되겠지. 점과 점 사이에 존재하던 불안과 어둠은 그렇게 자연스레 메워져 가는 것 같고. 내가 살고 있는 하루, 지금 이 순간을 최선을 다해서 씹고 뜯고 맛보고 즐기는 게, 돌아보면 내 삶을 잘 사는 비밀이 아니었을까 싶다.

그러니까 원재야. 뭐든 도전해도 괜찮아. 실패해도 괜찮아. 그 순간에도 우리는 분명히 반짝 빛나고 있을 테니까. 영화 '인터스텔라'를 보면 다른 차원에 동시에 존재하는 우리가 우연히 다른 우주에서 만나기도 하고 그러더라. 혹시나 만약에 우리에게도 각자의 빛에 이끌려 서로 만나게 되는 행운이 찾아온다면 동시에 그렇게 살아가고 있는 서로를 응원하는 의미로 긴말 필요 없이 한번 멋지게 하이 파이브를 하자.

　이 책을 읽어 주신 당신 역시 어디에서든 우연히 저를 만나게 되면 씩 웃으면서 하이 파이브 자세로 다가와 주시길 바랍니다. 나른 우주에 살시반 서로 연결되어 있는 당신과 그렇게 기쁘게 만나게 되길 언제나 바랍니다. 고맙습니다.

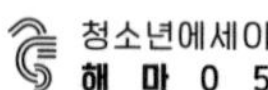
청소년에세이
해마 0 5

누군가
나의
**미래를
상상하고**
있다

2025년 6월 19일 처음 찍음

글 이원재 | **펴낸곳** 도서출판 낮은산 | **펴낸이** 정광호
편집 조진령 | **디자인** 소요 이경란 | **제작** 세걸음

출판 등록 2000년 7월 19일 제10-2015호
주소 10881 경기도 파주시 회동길 216, 202호
전화 02-335-7365(편집), 02-335-7362(영업)
팩스 02-335-7380
홈페이지 www.littlemt.com
이메일 littlemt2001ch@gmail.com
인스타그램 @little_mt2001
제판·인쇄·제본 상지사 P&B

ⓒ 이원재 2025

ISBN 979-11-5525-181-2 43810

* 잘못 만들어진 책은 바꾸어 드립니다.

* 책값은 뒤표지에 표시되어 있습니다.

* 이 책 내용의 일부 또는 전부를 재사용하려면 반드시
  저작권자와 도서출판 낮은산 양측의 동의를 받아야 합니다.